Postfach 121111, 10605 Berlin
www.transit-verlag.de

Umschlaggestaltung, unter Verwendung
einer Abbildung des Parlamentsgebäudes
in Tirana, 1928, © Robert Elsie,
und Layout: Gudrun Fröba
Druck und Bindung: CPI
ISBN 978 3 88747 279 5

Anila Wilms

DAS ALBANISCHE ÖL
oder
MORD AUF DER STRASSE DES NORDENS

ROMAN : **TRANSIT**

INHALT

1
DIE STRASSE DES NORDENS

Über das nördliche Bergland wurden schon immer sonderbare Geschichten erzählt; passend zum recht eigentümlichen und widerspenstigen Charakter seiner Bewohner, wie man im Rest Albaniens fand. So wie jener Streit, der zu Beginn des Großen Krieges, als die österreichische Armee den Norden des Landes besetzt hatte, zwischen den Österreichern und den Bergländern ausbrach. Die Ersteren wollten die alte Karawanenstraße, die durch die Berge führte, zu einer Autostraße ausbauen, während Letztere sich dagegen sträubten. Im Kanun, dem alten Gesetz der Berge, hieß es: »Die Landstraße hat ihr festes Maß: eineinhalb Fahnenstangen. Sie muss so breit sein, dass das vollbepackte Pferd oder der Ochsenkarren sie passieren können.«

Und jetzt wollte jemand die Straße drei Mal so breit bauen!

»Wozu braucht ihr fünf Fahnenstangen?«, wollten die Stammesältesten wissen, jene, die über den Heiligen Kanun wachten. Die österreichische Delegation, damit betraut, das Bergvolk in dieser Sache umzustimmen, erklärte, dass die Autostraße für die Kriegsfahrzeuge benötigt würde. »Aber wenn unser Krieg vorbei ist und wir den Feind besiegt haben, wird euch die Straße mehr von allem bringen, ein besseres Leben.«

»Wir wollen nicht mehr von allem, und auch kein besseres Leben. Wir begnügen uns mit dem, was Gott uns gegeben hat«, hatten die Greise unbeeindruckt erwidert. Der Kanun sei in diesem Punkt unmissverständlich: Die Straße hat ihr festes Maß. Kein Gefährt, das größer und schneller war als ein Ochsenkarren, sollte über die Landstraße fahren dürfen. Denn wenn man den Weg öffnete, würde die Welt das Bergland überrollen wie eine Steinlawine im Frühjahr das Tal, und da es in der Welt mehr Böses als Gutes gäbe, wäre das sein Verderben.

Und so schickten sie die Boten mit leeren Händen zurück. Aber die Österreicher, sonst bemüht, als Befreier und nicht als Besatzer aufzutreten, setzten sich diesmal darüber hinweg. Sie fragten nicht weiter, sondern machten sich einfach ans Werk. Alsbald kamen die Ingenieure mit ihren Baggern, Steinbrechern, Schrotern, Dampfwalzen und Teerfässern. Zwei Jahre lang dröhnten die Berge von den Sprengungen, die die Felsen zertrümmerten. Staub- und Dampfwolken trieben durch die Täler. Die so erweiterte Trasse wurde mit Kies und Teer bedeckt. Gegen Ende des Krieges erst war die Straße fertig gestellt und unter dem Namen »Straße des Nordens« in Betrieb genommen worden. Da brummte es in den Bergen vom schweren Kriegsgerät, das zur Front in den Süden rollte. Binnen kurzem aber änderte sich die Richtung.

Die vom Kriegsgott im Stich gelassenen Österreicher, nun von den siegreichen Franzosen und Italienern verfolgt, flohen Hals über Kopf in Richtung Norden. Auf dem Rückzug sprengten sie alle Brücken hinter sich. Und ganz zum Schluss gab es noch einen letzten Kampf und viele, viele Tote.

So war auch dieser brüllende, blutige Krieg, mit dem verdienten Namen »Der Große«, zu Ende gegangen. Die fremden Armeen zogen ab, Getümmel und Getöse legten sich, und die ewige Stille kehrte in die Berge zurück.

Aber dies sollte nicht das Ende der Geschichte sein, sondern nur der Beginn einer langen Kette dramatischer Geschehnisse, die das Land für viele Jahre erschüttern würden. Denn nach dem Krieg hatte sich die Welt von Grund auf verändert. Nicht mehr Istanbul, wie in den letzten fünfhundert Jahren, sondern Tirana, der bescheidene Marktflecken, wo man früher Honig und Ziegenkäse verkaufte, war jetzt die Hauptstadt.

Eines Tages waren die Gendarmen aus Tirana in den Bergen erschienen; sie hatten die Leute gezwungen, die beschädigten Brücken wiederaufzubauen. Noch nicht einmal die Österreicher hatten den Menschen hier Frondienste abverlangt, sondern sie mit vier Kronen am Tag entlohnt. Die neuen Behörden wollten nun eine Volkszählung, wollten die jungen Männer ohne Sold zur neuen Armee einziehen, sie erhoben hohe Steuern, sogar die säumigen aus der Kriegszeit, und sie versuchten, dem Bergland ihre Gerichtsbarkeit aufzudrängen. Sie hatten es auf den Heiligen Kanun abgesehen, sie benahmen sich genauso wie die fremden Besatzer von früher!

Von denen hatte man hier über die Jahrhunderte schon genug gesehen. Aus allen möglichen Himmelsrichtungen waren sie eingedrungen, mit allen möglichen Sprachen, Gebärden, Sitten und Gewändern. Ob sie von Ost nach West zogen, oder umgekehrt, ob sie unter dem Kreuz oder dem Halbmond kämpften oder gar mongolische Steppengötter verehrten, das Bergland hatte sich immer mit der Waffe in der Hand gegen Eindringlinge gewehrt.

Wenn sie dennoch sesshaft wurden, siedelten die Fremden immer nur in den Tälern. Das Herz des Berglandes berührten sie nie. Es gab Orte, da hatte noch nie ein fremder Soldat oder Beamter seinen Fuß hingesetzt. Und irgendwann hatten ohnehin alle wieder den Rückzug angetreten. Stets stieß das Bergland sie ab: die Osmanen, die Serben, die Österreicher. Am Ende blieben nur ihre Gräber zurück, die Gerippe ihrer Pferde, oder, wie nach dem letzten Krieg, ihre rostenden Wracks, die nun mit den Brombeersträuchern die Bergstraßen säumten.

Als die Gendarmen, Albaner wie sie, schließlich auch noch die Waffen einsammeln wollten, war das Maß voll.

Das Bergland kam in einer Großversammlung zusammen und beschloss, eine Warnung nach Tirana zu senden: Achtet unseren Kanun und unsere Freiheit, und wir bleiben Freunde. Tut ihr das nicht, sondern macht ihr weiter wie bisher, werden wir auch gegen euch Krieg führen, unerbittlich, wie einst gegen die Besatzer.

Doch Tirana blieb stur: Das neue Gesetz gelte für das ganze befreite und vereinte Land, auch und erst recht im Kanunland!

Gleich im nächsten Frühling hatte sich das Bergland in einem Aufstand erhoben. Tirana hatte die Aufständischen zu Volksfeinden erklärt und sie mit Feuer und Eisen in die Berge zurückgedrängt.

Zwei Jahre später probten die Bergstämme erneut den großen Aufstand. Diesmal schlug der Staat mit unglaublicher Härte zurück, die Aufwiegler wurden gehenkt, ihre Dörfer in Schutt und Asche gelegt.

Seitdem lag das Bergland in Blutfehde mit dem Staat. Es dachte nicht daran, seinen Widerstand aufzugeben. Wer von den Anführern nicht gefasst wurde, hatte die Flucht ergriffen und streifte seitdem als Komitadschi, als Freischärler, in den Wäldern umher. Aber mit jener Schreckensmeldung von der Straße des Nordens hatte man trotz allem nicht gerechnet, weder in den Bergen, noch sonst irgendwo in Albanien. Nie hätte man jemandem, im Norden wie im Süden, im Bergland wie im Tiefland, eine solche Tat zugetraut; keinem Rebellen, keinem Gendarmen – nicht einmal dem mordgierigsten Banditen.

2
DER MORD

Die Drojabrücke war von den Bewohnern des nahen Dorfes Mamurras in Fronarbeit ausgebessert worden. Sie hatten hastig ein paar ungehobelte Balken über die von Minen gerissenen Löcher geworfen. Die Brücke war noch immer schlecht passierbar. Wiederholt machten Meldungen die Runde, wonach das Kind oder der Esel dieser oder jener Person in den Abgrund gestürzt sei. Im Sommer, wenn das Flussbett ausgetrocknet war, konnte man sich das Genick brechen; im Herbst, während der Regenzeit, oder im Frühling, wenn der Schnee auf den Bergen schmolz, bestand die Gefahr, von den wilden Fluten fortgerissen und geradewegs in die Adria gespült zu werden.

Etwas Unheilvolles haftete der Drojabrücke an. An diesem Ort hatte es schon immer gespukt. Die Sage erzählte von furchterregenden Wassernixen und anderen Wesen des Flusses und des Waldes, die Wanderer überfielen. Außerdem irrten nachts, seitdem eine französische Kompanie dort in die Luft gejagt worden war, die Geister der Toten mit schaurig widerhallenden Schreien umher. Eingetaucht in den dichten Eschenwald um Mamurras, hinter zwei scharfen Kurven liegend, blieb die Brücke sowohl dem Auge des aus dem Norden Kommenden wie auch dem Auge des in den Norden Reisenden bis zum Schluss verborgen. Ein gefundenes Fressen für Übeltäter und Wegelagerer. Reiter und Autofahrer, Pilger und Lasttiertreiber schlugen jedes Mal das Kreuz und schickten Stoßgebete zum Himmel, bevor sie sich über die Brücke wagten.

Am 6. April 1924, einem hellen Sonntagmorgen, drang über die Drojaschlucht neben dem gewohnten Rauschen des Wassers auch das Brummen eines Automobils bis in die Höhe zu den Schafställen. Die Schäfer horchten auf. Autos auf der Straße des Nordens waren eine Seltenheit, und meistens verhießen sie nichts Gutes. Als eine heftige Schießerei durch die Schlucht hallte, erstarrten ihnen die Hände an den Hirtenstäben. Denn seit dem letzten Waffenstillstand herrschte gespannte Ruhe in den Bergen. Man richtete die niedergebrannten Dächer wieder her und leckte sich die Wunden wie der Bär in seiner Höhle.

Was war jetzt schon wieder passiert? Ein Hinterhalt auf der Brücke? Hatte man auf ein amtliches Fahrzeug geschossen? Wer war es diesmal? Waren es Räuber? Waren es Rebellen? War es vielleicht jemand, der für die tote Familie und die verkohlte Ernte Rache nahm, jemand, der außer seinem Verstand nichts mehr zu verlieren hatte? Schüsse auf der Straße des Nordens – das konnte nur das Werk des Teufels sein.

Als die Schießerei schließlich endete, rannten die Hirten den Pfad hinunter. Keuchend stoppten sie bei den Hanfbüschen, der Stelle, von der aus man das steile Flussufer und die halbzerstörte Brücke gut ausspähen konnte.

Ein offenstehendes Auto stand mitten auf der Brücke; davor ein Hindernis aus aneinandergereihten großen Steinen. Zwei Menschen saßen im Wagen; der eine hing über dem Lenkrad, der andere war auf dem hinteren Sitz zusammengesunken. Ein Dritter lag bäuchlings wenige Schritte vom Wagen entfernt. Alle drei waren blutüberströmt.

»Sie … sie haben sie durchlöchert«, stotterte einer der Hirten, der Jüngste von ihnen, und spie auf die Hanfblätter.

Die anderen zwei standen wie entgeistert da.

»Sind das Fremde?«, fragte der Jüngste und wischte sich mit dem Handrücken über den Mund.

»Die Nixe soll dich zerfetzen«, fluchte der Älteste. »Was redest du da? Wir haben Frieden, der Krieg ist vorbei.«

Eine Weile verharrten sie regungslos, den Blick stur auf die Brücke geheftet.

»Sind das die Österreicher?«, fragte der Jüngste wieder.

»Unsinn, die Österreicher sind lange weg«, knurrte der Älteste. Der andere blieb stumm.

»Seine Schuhe sind gut«, bemerkte der Jüngste. »Seht mal!«

Er zeigte auf den Mann, der auf der Brücke lag.

»Ich habe keine Schuhe, ihr schon.« Sein Blick wanderte zwischen seinen Opanken und den Schuhen des Mannes auf der Brücke hin und her. »Soll ich mir die holen? Er wird sie nicht mehr brauchen.«

»Halt das Maul«, fauchte ihn der Älteste an.

Von fern war ein vertrautes Motorengeräusch zu vernehmen. Es war das Auto der Deutschen, die oben im Wald ein Sägewerk betrieben. Wahrscheinlich hatten auch sie die Schießerei gehört und kamen, um nachzusehen, was los war.

»Lasst uns abhauen«, sagte der Älteste und richtete sich auf. »Wir gehören zu unseren Schafen. Bloß weg von hier!«

Die beiden Ältesten machten sich auf den Weg. Der Jüngste aber blieb wie angewurzelt stehen, die heiß begehrten Schuhe nicht aus den Augen lassend. Es blieben noch ein paar Minuten, bis das Auto der Deutschen um die Kurve biegen würde. Sollte er vielleicht doch … ganz schnell … oder lieber nicht…

3
IN DER HAUPTSTADT

Es war gegen drei Uhr nachmittags, als der Kleinlaster der deutschen Firma in der Hauptstadt Tirana eintraf. Alle hier kannten ihn, aber heute raste er und hupte sich den Weg durch die Gassen. Von seiner Ladefläche tröpfelte eine rote Flüssigkeit, die man mit Blut verwechseln könnte. Ganz Tirana, vom Tor des Schwarzen Raben bis zum Alten Basar, lief neugierig auf die Straße: die vom Mehlstaub weißen Brot- und Baklavabäcker, die Schmiede mit ihren ledernen Schürzen, die Schuster, ihre Hämmer in den Händen, die Bettenmacher mit Federn und Baumwollflocken in den Haaren, die Töpfermeister mit von Lehm triefenden Fingern, die Uhrmacher, noch immer die Lupe im Auge.

Der Lastwagen hielt auf dem kleinen Platz vor dem Stadtkrankenhaus, und bald sahen sich die Menschen in ihrem Verdacht bestätigt: Es handelte sich also doch um Blut! Die Pfleger kamen mit den Bahren angerannt. Zwei leblose Körper wurden von der Ladefläche herunter gehoben. Es waren die beiden Fremden, die man am Tag zuvor im Basar gesehen hatte. Ein Dritter, den die Pfleger behutsam auf die Bahre legten, schien noch zu leben. Es war, wie sich beim näheren Hinschauen herausstellte, Dod Kakarriqi, der einheimische Fahrer, mit dem die zwei Fremden an eben diesem Morgen in Richtung Norden aufgebrochen waren. Auf der Drojabrücke, beim Dorf Mamurras, sollen sie überfallen worden sein, und dort hatte sie der deutsche Forstingenieur gefunden, auf seinen Laster geladen und hierher gefahren.

Die Frage, wo die Fremden tags zuvor abgestiegen waren, beantwortete ein Laufbursche vom Hotel International, dort hätten die beiden übernachtet. Sogleich wurde der junge Mann mit Fragen überschüttet: Wer waren sie? Woher kamen sie? Aber das wusste auch er nicht.

Es war der Eigentümer des renommierten Hotels selbst, der nun zum Krankenhaus eilte und laut verkündete, die zwei Ermordeten wären Amerikaner.

Diese Kunde versetzte die Menschenmenge in unbeschreibliche Aufregung. Tirana war von einer zur anderen Minute nicht mehr wieder zu erkennen. Die sonst so ruhigen und arbeitsamen Menschen verließen ihre Werkstätten und bevölkerten am helllichten Tag die ungewöhnlichsten Orte; sie waren vor dem Leichenschauhaus, vor dem Hotel International und dem Continental, vor dem Außenministerium, vor dem Bami Friedhof, am Botanischen Garten, in den Kirchen und Moscheen zu finden. Betend und murmelnd brachten sie Gaben und entzündeten Kerzen.

Die größte Verwirrung und Ratlosigkeit herrschte im Regierungsviertel. Beamte und Soldaten rannten zwischen Büro- oder Kasernengebäuden hin und her, in wildem Durcheinander, angetrieben von widersprüchlichen Befehlen und dem Geschrei ihrer Vorgesetzten. Hohe Funktionäre eilten zur amerikanischen Gesandtschaft. Mühsam bahnten sich die Gespanne der Staatskarossen den Weg durch die Menge, die sich vor dem Gesandtschaftsgebäude eingefunden hatte.

Ein Anschlag auf zwei Amerikaner – alle wussten, was das bedeutete. Den Menschen war der Schreck in die Glieder gefahren, sie drängten sich aneinander wie Schafe im Unwetter. Und wieder einmal kam das Unheil aus den Bergen. Nur, dieses Mal war es noch schwerer zu begreifen.

Die Heldengeschichten und der Kanun, das uralte Gesetz der Berge waren so legendär, dass man selbst in Tirana für ihren Widerstand ein gewisses Verständnis aufbrachte. Aber das, was an diesem Tag passiert war, stand im krassen Gegensatz zum Geist des Kanun. Es galt in Albanien als das schwerste aller Verbrechen und die größte aller Schändlichkeiten, einem Fremden die Gastfreundschaft zu versagen. Und für die Menschen in den Bergen galt nicht nur, dass der Gast unantastbar ist – ihnen war der Gast heilig. Der Kanun besagte: »Das Haus gehört Gott und dem Gast.« Hatte der Hass auf Tirana das Bergvolk so blind gemacht, dass es seine heiligsten Gesetze brach?

Misstrauisch beobachteten die alteingesessenen Stadtbewohner diejenigen, die in den letzten Jahren aus den Bergen nach Tirana gezogen waren. Es gab nicht viele von ihnen – sie verdingten sich meist als Wachen oder Leibwächter. Selbst wenn sie nicht ihre auffälligen Trachten, sondern normale Stadtkleidung trugen, erkannte man sie auf Anhieb an ihren langen, sehnigen Beinen, den hellrötlichen Haaren und dem furchtlosen, leeren Blick. Ihr Gang war aufrecht und stolz.

Da sie überwiegend Katholiken waren, fanden sie sich an diesem Tag in der Franziskaner-Kirche ein, wo Pater Serafin mit von Sorgen zerfurchter Stirn jeden Einzelnen persönlich begrüßte. Manche gingen auf wackligen Knien, als würden sie gleich stolpern, andere seitlich geknickt, wie Bäume, die von der Axt getroffen waren, andere gekrümmt und mit verzerrten Gesichtern, als hätten sie schlimme Bauchschmerzen.

Konnten diese Leute Verräter sein?

In der Zwischenzeit hatten mehrere Fahrzeuge mit Soldaten und Gendarmen in größter Hast die Kasernen verlassen. Mancher Bergbewohner stand am Straßenrand und sah der Autokolonne, die in Richtung Norden zog, tief besorgt nach.

4
DIE JOURNALISTEN

Mit der Unruhe und Ratlosigkeit der Menge wuchs auch die Nervosität der Journalisten, die nach Material für ihre Artikel in den morgigen Zeitungen suchten. So sehr sie auch gehofft hatten, auf fette Beute zu stoßen, ganze Seiten mit schaurigen Enthüllungen und verblüffenden Details füllen zu können, so enttäuscht waren sie schließlich von der Aussicht, sich mit ein paar mageren Zeilen begnügen zu müssen.

Ins Leichenschauhaus, das von Gendarmen bewacht wurde, ließ man sie gar nicht erst vor, noch nicht einmal den Redakteur der Kreshnik, der Neffe eines Vizeministers war und behauptete, mit dem Totengräber verwandt zu sein. Aber immerhin verdankten sie ihm den Zutritt zum schwer verwundeten Fahrer des Unglücksautos. Da durften sie nun mit eigenen Augen sehen, was sich bereits in der Stadt herumgesprochen hatte: Dod Kakarriqi lag im Koma. Es war ein wunderliches Koma, er lag da mit offenem Mund und starrte an die Decke. Der Arzt erklärte, er könne vielleicht sehen und hören, aber nicht sprechen, der Unglückselige warte nur noch auf den Tod, und die Wahrheit würde, wohl für immer, in seinem zertrümmerten Schädel bleiben. Deprimiert und entmutigt verließen die Journalisten das Krankenhaus und machten sich auf ins Café Bristol, im Stadtteil Abdullah Bey.

Hier sollte, so das Gerücht, der Krämer Cen Kaceli zu finden sein, der Besitzer jenes Automobils, das die Amerikaner am Morgen gemietet hatten.

Das Kaffeehaus lag ebenerdig, ein einziger total verqualmter Raum mit kleinen runden Tischen und Hockern und blinden, schmutzigen Fensterscheiben. Es war das älteste und bekannteste Café Tiranas – das Bristol hatte es gegeben, schon lange bevor die schicken und modernen Cafés in der Stadt Einzug gehalten hatten. Allein der Name Bristol war neu, schließlich musste man mit den Konkurrenten International und Continental Schritt halten.

Die Journalisten hofften, dass Cen, obwohl als maulfaul bekannt, mit den Amerikanern gesprochen hatte, wenigstens ein paar Sätze hinsichtlich der Route und der Bezahlung, und dass er vielleicht sagen konnte, was das für Leute waren und was sie auf der Straße des Nordens zu suchen hatten. Doch Cen antwortete nicht. Er schien sie gar nicht zu hören. Seine Kumpel, ebenfalls Stammgäste des Cafés Bristol, mischten sich ein: Vor einem Jahr habe er den geerbten Weinberg verkauft und sich den Fiat angeschafft, weil er sich davon besseres Geld erhoffte. Jetzt war das Auto Schrott, der Weinberg verloren, und seine Kinder würden verhungern müssen.

Bevor die Reporter sich enttäuscht erneut auf den Weg machten, mussten sie auch noch den Spott von Keno Efendi, der in ganz Tirana für seine sarkastischen Kommentare bekannt war, über sich ergehen lassen: »Wie soll euch Nimmersatte dieses kleine Nest von zwanzigtausend Seelen denn auch durchfüttern?«

Nun wurde das Hotel International, wo die beiden unglücklichen Amerikaner die Nacht verbracht hatten, aufgesucht. Von den Hotelangestellten konnte in Erfahrung gebracht werden, dass die Amerikaner, kaum angekommen, wieder in die Stadt aufgebrochen seien und erst spät zum Abendessen mit dem Sekretär der amerikanischen Gesandtschaft ins hoteleigene Restaurant zurückgekehrt wären. Fröhliche, freundliche Burschen seien es gewesen, die zudem großzügiges Trinkgeld gegeben hätten. Mehr wussten sie nicht. Mehr wüsste aber bestimmt besagter Diplomat. Und dann gebe es noch diesen jungen Albaner, der als Einziger in ganz Tirana wirklich über alles Bescheid wissen müsste, da er die beiden Amerikaner stets begleitet hatte. Nur habe er sich leider in seinem Hotelzimmer eingeschlossen. Sein Name sei Nini Komneni, er stammte aus Korça und war später in die Vereinigten Staaten emigriert. Zusammen mit den zwei Amerikanern sei er in Durrës vom Schiff gestiegen. Die Drei wären dann den ganzen Samstagnachmittag unzertrennlich gewesen, bis die Amerikaner am nächsten Morgen Richtung Norden abgereist seien.

So heftig nun die Reporter auch gegen die Zimmertür hämmerten, laut riefen, das Fenster mit Steinchen bewarfen, innen regte sich nichts, der junge Mann gab kein Lebenszeichen von sich. Als sie schließlich eine Leiter holten, um einen Blick durch die Scheiben in das Zimmer im ersten Stock werfen zu können, stürmte der Hotelbesitzer mit der Schrotflinte herbei und verjagte sie, laut schimpfend und fluchend. Noch lange, nachdem sie das Weite gesucht hatten, fuchtelte der Mann mit der Waffe herum und wetterte gegen diese Schnüffler und Plagegeister. Schließlich brach er jammernd zusammen, weil der Ruf seines Hotels in Amerika nun endgültig ruiniert sei.

Dann machte sich die Meute zum Taxifahrer auf, der die drei Männer vom Hafen in Durrës nach Tirana kutschiert hatte. Obwohl eine echte Plaudertasche, wusste er leider Gottes nichts zu berichten, weil er dummerweise kein Englisch konnte, nur ein paar Brocken Serbisch, die er von einem bosnischen Bauern erlernt hatte, als er mit dem zusammen einst im Hafen von Ragusa als Lastenträger arbeitete.

Schließlich entdeckten sie im Café des International den deutschen Ingenieur, der die Toten nach Tirana gebracht hatte. Er saß stumm vor mehreren leeren Gläsern. Die Reporter umringten ihn, doch der Deutsche hatte leider so viel Bier in sich hineingeschüttet, dass er nur noch mit gelalltem Singsang antwortete. Als man Herrn Maluka, einen in Wien diplomierten Anwalt, der zufällig seinen Kaffee am Nachbartisch trank, bat zu übersetzen, errötete der Anwalt und erklärte verlegen, dass es sich um einen unanständigen Text über liederliche Weiber handele, der aber auch rein gar nichts mit dem Mord auf der Straße des Nordens zu tun habe.

In diesem Augenblick entfuhr dem Deutschen ein kehliger Schrei, und er begann abermals zu singen. Diesmal wiederholte Herr Maluka seine Worte aufs Genaueste, schrieb sie sogar auf einen Zettel:

Krieg! Krieg!
Großer Sieg!
Sieg in Albanien und Sieg in Flandern!
Und es starben die andern, die andern, die andern…

Auch diesmal, erklärte der Anwalt, ginge es zwar ums Sterben, aber nicht um den Mord auf der Straße des Nordens.

Etwas Glück hatten die Reporter dann aber doch noch: Freiwillig rückte der Hotelpförtner mit dem Gästebuch heraus, in das die beiden Unglücklichen ihre Namen und Adressen eingetragen hatten.

Das Wenige, was sie herausgefunden hatten, konnte man am folgenden Tag, einem Montag, in allen Zeitungen lesen, es waren überall die gleichen, dürftigen Zeilen. In der Hauptstadt Heute zum Beispiel stand: »Gestern, am Sonntag, den 6. April 1924, um zehn Uhr dreißig fränkische Zeit, auf der Straße des Nordens, drei Stunden von Tirana entfernt, auf der Drojabrücke in der Nähe des Dorfes Mamurras, sind zwei Amerikaner namens Dan E. Marvin und Gregory C. De-Burgh ermordet worden. Ein deutscher Ingenieur, Dr. Weinkeller von der Holzverwertungsgesellschaft INAG mbH, fand die Toten und beförderte sie nach Tirana. Zur Stunde befinden sich deren Leichname im Leichenschauhaus. Die Opfer waren vorgestern, am Samstag, am Hafen von Durrës mit dem Dampfer der Linie Korfu-Venedig in Begleitung unseres Landsmanns Nini Komneni eingetroffen. Gestern, am Sonntag, sind sie frühmorgens mit dem Automobil des Krämers Cen Kaceli über die Straße des Nordens gefahren. In Mamurras, auf der Drojabrücke, sind sie in einen Hinterhalt geraten und erschossen worden. Ihr Fahrer Dod Kakarriqi liegt schwer verwundet und nicht vernehmungsfähig im städtischen Krankenhaus. Ein großes Aufgebot von Soldaten und Gendarmen ist in Mamurras unterwegs, ferner der Staatsanwalt, der Chefermittler, der Unterpräfekt von Tirana, die Kreis- und Bezirkskommandanten der Gendarmerie von Tirana und der Präfekt von Durrës. Das Alter der beiden Unglückseligen wird auf etwa fünfundzwanzig Jahre geschätzt. Das Volk Tiranas und ganz Albaniens ist von tiefer Trauer erfüllt.«

5
GESANDTER GRANT

Julius G. Grant, seit dem Frühjahr 1923 Gesandter der Vereinigten Staaten von Amerika in Tirana, verschloss die Tür hinter den letzten Besuchern. Wo habe ich meine Havannas gelassen?, schoss es ihm durch den Kopf. Er dachte eine Weile nach. Hatte er sie weggegeben? Er ging zu den Wirtschaftsräumen neben der Küche. Dort stand das Regal, wo die offiziellen Geschenke aufbewahrt wurden. Und dort warteten auch die Tabakwaren nur darauf, weiter verschenkt zu werden, denn er selbst war eigentlich kein Raucher, und in seinem Salon wurde auch nicht geraucht. Doch heute war das anders.

Da war sie, die Schachtel mit den kubanischen Zigarren Romeo y Julieta, »with compliments« vom Kollegen Fletcher aus Rom. Er nahm eine, kappte die Spitze mit einem großen Küchenmesser und entzündete sie mit ungeübten Fingern. Mit der Zigarre in der Hand kehrte er in den leeren Salon zurück. Die Kondolenzgäste waren gegangen, aber so wie die Spuren ihrer Schuhe auf den Bodenfliesen zurückgeblieben waren, hallte das Echo ihrer Stimmen in seinem Kopf wider. Grant sog kräftig an der Zigarre und schüttelte sich vor Husten. Vielleicht sollte er mit dem Bericht anfangen. Der weiße Bogen würde ihn dazu zwingen, klare Gedanken zu fassen.

Er verließ den Salon und nahm die Treppe zu seinem Büro im oberen Stockwerk. Dort, auf dem Tisch lag noch das Papier, an dem er am Nachmittag gearbeitet hatte, als sein Sekretär Tyler in den Raum geplatzt war: »DeBurgh und Marvin sind umgebracht worden!«

»Umgebracht? Wer wurde umgebracht?«

Völlig außer sich hatte Tyler die Namen wiederholt. Doch Grant kannte diese Personen nicht.

»Weshalb diese Aufregung, Tyler?« Stotternd erzählte Tyler, dass er die beiden am Vorabend im International getroffen hatte. »DeBurgh ist der Sohn eines kalifornischen Senators.«

»Wann wurden sie getötet? Heute morgen? Auf der Straße des Nordens? Wer hat das getan?«

»Keine Ahnung, Räuber vielleicht, man weiss es noch nicht.«

Grant schob den unfertigen Bericht zur Seite. Er musste sich jetzt auf die aktuellen Ereignisse konzentrieren. Er nahm ein neues Blatt Papier. Doch durch seinen Kopf tobten Eindrücke und Gesichter wie ein Orkan. Es war noch zu früh, einen klaren Gedanken zu fassen.

Nur kurz, nachdem bekannt geworden war, dass zwei Amerikaner ermordet worden waren, hatte der Besucherstrom eingesetzt. Einer nach dem anderen waren die albanischen Freunde und diplomatischen Kollegen herbeigeeilt und hatten mit sorgenvollen Mienen etwas von »nationaler Katastrophe« und »Attacke auf die westliche Zivilisation« gemurmelt. Beinahe hätte er gefragt: Leute, übertreibt ihr da nicht etwas?

Aber dann hatte er einen Blick aus den Fenstern des oberen Stockwerks geworfen und die Menge gesehen, wie sie zusammenkam, zu Hunderten, zu Tausenden. Und erst in diesem Moment wurde ihm die Bedeutung des Geschehens bewusst: Albaner hatten zwei Amerikaner ermordet.

Albanien hatte ihn zu Beginn seiner Dienstzeit mit größten Ehren empfangen und war ihm mit höchstem Respekt begegnet. Nicht einmal in seinem Elternhaus hatte er sich behüteter und geschützter gefühlt als hier in Tirana. Selbst inmitten der politischen Unruhen und während der ständigen Gefahr von Rebellion war er jeden Morgen auf den Hügeln rund um die Stadt unterwegs gewesen, war ausgeritten und jagen gegangen. Ohne auch nur einen Anflug von Furcht.

Und heute…?

Sollte das alles ein falsches Sicherheitsgefühl gewesen sein? Und die

Geschichten von der albanischen Gastfreundschaft, die man ihm erzählte, gleich am Tag seiner Ankunft in Tirana vor einem Jahr, sollte das alles eine Legende gewesen sein?

Grant rieb sich die vom Zigarrenrauch gereizten Augen. Und alle diese Menschen vor seinem Haus. Als er sie gesehen hatte, wie sie stumm und verstört da standen, wollte er sie am liebsten fragen: Was macht ihr hier? Was wollt ihr von mir?

Er nahm einen tiefen Zug aus der Zigarre. Ihm wurde schwindlig. Er hielt die Zigarre noch eine Weile zwischen den Fingern. Dann, mit einer ruckartigen Bewegung, warf er sie in eine Vase neben der Tür und verließ sein Arbeitszimmer. Er begann, den Flur auf und ab zu schreiten. Es war ihm unmöglich zu schlafen, und er war sicher, dass er die ganze Nacht so verbringen würde.

6
TIRANA BERÄT DIE KATASTROPHE

Bereits für den nächsten Tag, Montag, den 7. April 1924 um 10 Uhr, wurde eine außerordentliche Versammlung der Volksvertreter einberufen. Seit den frühen Stunden schon strömte das Volk Tiranas vor dem Parlament zusammen.

Vier Jahre zuvor war hier die Nationalversammlung zusammengetreten und hatte Tirana zur Hauptstadt erklärt. Das Parlamentsgebäude war damals wie eine junge Braut herausgeputzt worden: die Wände mit weißem Kalk getüncht und das Dach mit Blumen geschmückt. Wie es sich für eine so bedeutende Feier gehört, hatten sich die Leute besonders fein gemacht, und über den Köpfen wogte ein rotes Meer von Nationalfahnen. Jubel war damals ausgebrochen, als die ersten Droschken mit den Staatsmännern eintrafen. So viele hohe Herren in traditioneller Tracht, so viele Pferde und Kutschen auf einmal hatte Tirana noch nie gesehen. Die Herren defilierten am Volk vorbei und winkten huldvoll mit ihren Hüten, ehe sie einer nach dem andern unter Beifall und begleitet von den Klängen der Pauken und Dudelsackpfeifen das Parlament betraten.

Heute hatte sich das Volk also wieder vor diesem Gebäude versammelt. Doch anders als damals war es so still, dass sogar das Rauschen des nahen Flusses Lana deutlich zu vernehmen war. Die Hüte saßen fest auf den Häuptern, und die dunkel gekleideten Herren glichen einem Schwarm schwarzer Raben.

Die Uhr auf dem Turm schlug elf, als die Versammlung endlich begann. Zur Sitzung waren keine Journalisten oder Beobachter zugelassen. Beleidigt standen sie draußen in der vordersten Reihe und warteten ebenso wie das gemeine Volk. Drei ganze Stunden standen die Menschen wie gebannt. Kein Mucks war zu hören, man sah nur die Bediensteten, die mit ihren Tabletts mit Kaffee und Wasser auf Zehenspitzen hin und her huschten. Erst als die Türen aufsprangen und die hohen Herrschaften heraus strömten, kehrte wieder Leben in die Menge zurück.

Die Herren blickten ernst, als sie den Weg zum Café International nahmen. Ihnen folgten ein paar Journalisten, die hofften, wenigstens einige Wortfetzen hinsichtlich der Beschlüsse aufzuschnappen, die besonders rigoros ausgefallen sein sollten.

Eine Gruppe schritt entschlossen vorneweg, während eine andere langsam zurückblieb. Das waren die Abgeordneten der Minderheit. Offenbar hatten sie wie üblich opponiert, und wie gewohnt waren ihre Einwände ungehört geblieben.

Eine kleinere Gruppe dagegen, angeführt vom Abgeordneten Dule Bey Maliqi, einem rechtschaffenen, älteren Herrn mit gutem Ruf, spaltete sich ab und zog in Richtung amerikanische Gesandtschaft. Die meisten Reporter hinterher, gefolgt vom Großteil der Menge.

Vor der amerikanischen Gesandtschaft angekommen, kletterte Dule Bey auf einen Stuhl, klammerte sich an das Eisengitter und erhob seine Stimme: »Volk der Hauptstadt! Zwei junge Menschen, rein wie der Sommertau, kamen zu uns, um unser schönes Albanien zu bewundern und mit ihrem Lächeln, einer Frühlingsblüte gleich, sein verweintes Antlitz zu erheitern. Aber eine verbrecherische Hand entriss ihnen ihr blutjunges Leben, so wie eine zarte Blume, geschnitten von einer Sichel.«

Dule Bey wischte sich mit dem Handballen eine Träne aus dem Gesicht.

»Liebe Brüder! Nie hätten wir geglaubt, dass solch schreckliche Dinge sich auch bei uns ereignen könnten. Noch im letzten Herbst, als unseren Nachbarn, den Griechen, Ähnliches widerfuhr, dachten wir so. Dem Albaner, sei er gut oder schlecht, ist der Gast immer besonders heilig gewesen. Selbst die Banditen, üble Gesellen, die morden und plündern, haben Ausländern nie auch nur ein Haar gekrümmt. Ihr erinnert euch, Brüder, was neulich geschah mit den Packeseln des Roten Kreuzes, die sie bei Tujan gestohlen hatten. Sobald sie erfuhren, wem sie gehörten, brachten sie alle auf der Stelle wieder zurück!

Doch heute ist uns größtes Unglück widerfahren. Diese heimtückischen Schüsse auf zwei unschuldige Amerikaner treiben einen Keil zwischen uns und Amerika, den einzigen ehrlichen Freund, den wir je hatten.«

Dule Bey brach in Schluchzen aus.

»Volk von Tirana! Brüder, ihr wisst, wie böse die Sache für die Griechen ausgegangen ist. Deshalb haben wir heute die strengsten Maßnahmen beschlossen, um der Gerechtigkeit Genüge zu tun. Diese Verbrecher, diese Staatsfeinde werden unsere eiserne Faust zu spüren bekommen! Sie werden uns nicht die Zukunft verbauen! Nieder mit den Mördern!«

»Nieder, nieder!«, erklangen ein paar Stimmen.

»Schweren Herzens werden wir dem Bergvolk seine Rechte beschneiden müssen. Aber da geht es uns wie mit einem Bruder, der toll geworden ist! Man muss ihn in Fesseln legen, um ihn vor sich selbst zu schützen. Es lebe das Volk!«

»Hoch, hoch!«, jubelten dieselben Stimmen.

»Wir beschwören unsere amerikanischen Freunde, nicht an uns zu zweifeln! Bleibt stark und aufrecht wie Eichen im Sturm!«

Dule Bey wandte sich dem hinter ihm liegenden Gesandtschaftsgebäude zu und legte die Hand aufs Herz: »Das albanische Parlament drückt sein tiefstes Beileid aus. Wir versprechen euch, wir werden die Täter aus ihren Schlupfwinkeln scheuchen. Wir werden euch die Mörder übergeben, dann bestraft sie, wie es euch gefällt. Zerstückelt sie!«

Bei diesen Worten war Dule Bey hochrot angelaufen und zitterte am ganzen Leib. Zwei kräftige Burschen sprangen hinzu und halfen ihm vorsichtig, vom Stuhl zu klettern.

Vom Platz der Et'hem Bey-Moschee erklangen Paukenschläge. Sie kündigten den Auftritt des Ausrufers an, der die gefassten Beschlüsse bekannt machte: »Volk von Tirana! Bitte um Aufmerksamkeit! Laut Parlamentsdekret Nr. 228 vom 7. April 1924 wird mit sofortiger Wirkung und für unbefristete Zeit der Ausnahmezustand für alle Präfekturen verhängt, durch die die Straße des Nordens führt. Die Artikel einhundertzwölf, einhundertdreizehn, einhundertvierzehn, einhundertsechzehn und einhundertsiebzehn der Verfassung werden außer Kraft gesetzt. Hierzu gehören: die Freiheit der Presse, das Versammlungs- und Organisationsrecht, die Unantastbarkeit der Person und Wohnung, das Postgeheimnis und das Recht zur Beschwerde. Allein Tiranas Innenstadt bleibt davon nicht betroffen, weil dort der Staat Rat hält. Verstöße werden vom zu diesem Zweck gegründeten Außerordentlichen Gericht streng geahndet. Der heutige Montag und der Dienstag werden zu nationalen Trauertagen erklärt.«

»Na so was«, Keno Efendi verzog die Lippen, als der Ausrufer am Café Bristol vorbeizog, »wusste gar nicht, dass wir so viele Rechte hatten! Dumm nur, dass wir es erst jetzt erfahren, wo sie uns wieder genommen werden.«

»Das heißt, o Volk«, der Ausrufer wechselte in die Sprache der gewöhnlichen Leute: »der Basar ist heute und morgen geschlossen; es wird nicht gearbeitet, nicht gekauft und nicht verkauft. Keine Menschenseele darf zwischen sechs Uhr abends und sechs Uhr morgens aus dem Haus. Nicht mit Waffen herumlaufen, nicht zu dritt oder zu viert tratschen und gaffen. Und niemand sollte auf den dummen Einfall kommen, dem Staat einen Streich spielen zu wollen.«

»Da wird ja den Amerikanern das Herz aufgehen«, bemerkte Keno Efendi bissig.

Demi, der Wirt des Cafés Bristol, stand hinter seinem Tresen und sah mit zufriedenem Lächeln dem Treiben zu. Sein Haus war voll wie selten. Durch den dichten Qualm nahm man verschwommen die Konturen der Gäste wahr. Die Würfel der Tawla klackerten so heftig auf die Bretter, dass man meinte, man säße im Café International. Dieses war zwar größer – es erstreckte sich über stolze zwei Stockwerke – und hatte prominente Gäste. Doch heute hatte Demi einen Gast, mit dem die vom Café International nicht aufwarten konnten: den

Krämer Cen Kaceli, dem das Mordauto gehörte. Seit jeher nahm der bescheidene Cen seinen Kaffee im Bristol ein, seit gestern aber war er stadtbekannt.

Die Gäste wichen nicht von seiner Seite in der Hoffnung, ihm vielleicht doch noch ein Wort entlocken zu können. Und jeder schilderte lebhaft den Augenblick, als ihn die schlimme Nachricht erreicht hatte.

»Samstag abend lief mir eine schwarze Katze über den Weg«, erzählte gerade einer. »Da wusste ich, etwas Schlimmes wird passieren.«

»Meiner Frau ist Sonntag früh der Spiegel in der Hand zersprungen«, sagte ein anderer. »Am Mittag riss der Eimerstrick ab, als meine Mutter Wasser aus dem Brunnen holen wollte. Ich war in den Brunnen hinabgestiegen, um den Eimer zu bergen, da kreuzte mein Schwager auf und rief mir die finstere Botschaft von oben herab zu. Gott, was für ein Fluch ist das?, dachte ich.«

»Ein Fluch, ganz sicher«, meinte jemand, »als hätten wir nicht schon Sorgen genug.« Cen stieß einen herzzerreißenden Laut aus. Alle starrten ihn an. Eine erwartungsvolle Stille legte sich wie eine Decke über die Gäste.

Cen versuchte tatsächlich, seiner Verzweiflung Luft zu verschaffen. Schwerfällig wie er war, reichte es nur zu einem wirren Gestammel, das den anderen umso kostbarer erschien. Der Nachbar habe ihm das Automobil verhext; schon seit längerer Zeit sei der durch die Nachbarschaft gezogen und habe sich darüber beschwert, dass dieses stinkende und tuckernde Ungeheuer seine Hühner verrückt mache, die würden jetzt kleinere Eier als früher legen, ja es gäbe sogar Tage, da legten sie gar keine mehr und zwei seien schon elendig eingegangen. Vor kurzem erst hatte er Cen über die Gartenmauer hinweg zugerufen, der Leibhaftige solle sein Auto holen!

»Unfassbar«, warf einer der Gäste ein. »Wegen zwei toter Hühner ein ganzes Automobil zu verwünschen.«

Cen schluchzte immer lauter. Schließlich hätte er es wissen müssen; sein vor zehn Jahren verstorbener Vater, Allah habe ihn selig, war ihm in der Nacht vor dem Verkauf des Weinbergs an den Italiener im Traum erschienen. Der Vater hatte im Schneidersitz dort vor dem Weinberg gesessen und gesagt: Mich sticht die Leber. Mächtig erschrocken sei Cen da zum Imam geeilt, noch bevor es Tag wurde. Was wollte sein Vater ihm damit sagen? Was sollte er tun? Der Imam meinte, der Tote hätte Leberstiche gehabt, weil er für sein Leben gern Raki getrunken habe, daher solle Cen vor dem Verkauf einen Bottich Raki dem Gotteshaus opfern, auf dass Allah der Seele seines Vaters ewige Ruhe schenken möge. Cen war dem Rat gefolgt; er hatte den Bottich neben das Moscheeportal gestellt, ehe er zum Notar gegangen war. Schon damals freilich habe er den Verdacht gehegt, der Imam hätte seinen Traum fehlgedeutet.

Nun entbrannte unter den Gästen ein heftiges Wortgefecht darüber, ob die Verwünschung des Nachbarn das Unglück heraufbeschworen hatte oder doch eher die betrogene Seele des Toten.

»Vielleicht lag es überhaupt nicht an Cens Auto, vielleicht hatte ja der Chauffeur selbst einen Fluch auf sich geladen«, warf jemand in die Runde.

»Oder dieser Bursche … wie hieß er nochmal…?«

»Nini Komneni«, entgegnete ein Reporter von Amerikas Albaner, »ich kenne ihn gut, wir sind in Boston gemeinsam aufs College gegangen. Guter Junge. Kann ich mir kaum vorstellen.«

»Die Amerikaner könnten den Fluch ja selbst mitgebracht haben.«

»Wer weiß, ob da nicht mehrere Flüche am Werk waren.«

»Mir kommt es manchmal so vor, als wäre unser Land mit einem einzigen, dicken Fluch überzogen.«

Die Zunge soll dir verdorren!, dachte der Wirt bei sich. Diese ewigen Schwarzseher verdarben ihm die Laune. »Habt ihr denn Cen vergessen?«, mahnte er mit lauter Stimme. »Es ist doch sein Auto, und es ist sein Fluch.«

Die Mahnung des Wirts verfehlte ihre Wirkung nicht. Die Diskussion um den Fluch und dessen mögliche Herkunft ebbte ab.

Die Unterhaltung verlagerte sich allmählich auf die Nebentische.

»Habe ich dir erzählt, als mein Großvater starb, da war ich elf«, hörte man vom Tisch der Rückkehrer aus Amerika. »Ich werde es mein Lebtag nicht vergessen. Als man den Sarg hinunter senken wollte, bin ich vor Schmerz fast außer mir geraten und wollte mit ins Grab. Meine Mutter wäre auch reingesprungen, hätte die Tante sie nicht zurückgehalten. So trostlos wie damals fühlte ich mich auch heute. Der Gedanke, die Ärmsten haben hier niemanden, der sie beweint, ließ mich nicht mehr los.«

»Allein, fernab der geliebten Heimat zu sterben. Furchtbar.«

»Ja, ja, wir sehen schon, euer Schmerz ist der größte«, fuhr Keno Efendi dazwischen, »wie auch sonst alles bei euch *Amerikanern*. Jetzt reicht's aber. Oder waren es etwa eure Vettern?«

»Nein, kein Vetter, aber Pilo hat heute herausgefunden, dass er in Detroit ganz in der Nähe von Mister Marvin gewohnt hat. Er lebte in der 4 East Street, und Pilo in der 5 West Street, über dem Restaurant seines Schwagers.«

»Hmm, Pilos Nachbar. Nun gut. Aber was ist mit euch anderen?«

»Keno Efendi, du magst es vielleicht nicht glauben, aber wir alle sind amerikanische Bürger, mit Pässen, Papieren und allem Drumunddran.«

»Ich lach' mich tot«, kicherte Keno Efendi. »Amerika wäre längst vor die Hunde gegangen, wenn alle seine Bürger so wären wie ihr! Solche verdammten Wichtigtuer! Da ist jemand in Dardha geboren und behauptet, aus Detroit zu sein!«

»In Drenova«, berichtigte ihn der, den man Pilo nannte.

»Wie?«

»In Drenova bin ich geboren.«

»Oh, entschuldige, ich habe diesen schwerwiegenden Unterschied übersehen. Unverzeihlich von mir!«

»Mensch, Keno Efendi, was bist du streng. Wir unterhalten uns doch nur«, gab dieser endlich klein bei.

Demi, der Wirt, schmunzelte. Keno Efendi, ein alteingesessener Tiraner, war, wie wohl kaum zu übersehen, Lehrer gewesen; sein Leben lang hatte er Erdkunde an der Medrese unterrichtet. Das in der Regel jüngere Publikum des Cafés behandelte er wie seinerzeit seine Schulklasse. Und doch war Keno Efendi weit mehr als ein Schulmeister mit erhobenem Zeigefinger. Hinter seinem schrulligen Gebaren verbarg sich eine bemerkenswerte Klugheit und Urteilskraft, wofür man ihm überall in der Stadt Hochachtung entgegenbrachte.

Der Wirt war mächtig stolz auf seinen prominenten Gast. Seit dreißig Jahren schon war er Stammgast in Demis Café. Und immer, wenn er in der Tür auftauchte, in seinem uralten, mottenzerfressenen Mantel aus einst feinem englischen Tuch, den er vom Ende des Sommers bis zum Ende des Winters beständig trug, ging ein erwartungsvolles, vergnügliches Raunen durchs Café Bristol. Jetzt galt es, die Worte abzuwägen, denn Keno Efendi war der erklärte Feind von jedem Gehabe und Getue. Mit Kenos Schlagfertigkeit konnte es wahrlich niemand aufnehmen, und so ziemlich alle, die ihm vor die Flinte kamen, mussten sich geschlagen geben.

»Hast du schon ein Zimmer gefunden?«, fragte gerade ein Reporter einen blassen jungen Mann vom Tisch der Dibraner.

»Nein, noch nicht«, antwortete dieser und errötete sogleich. »Viel zu teuer, überall. Heute habe ich wieder eins besichtigt. Von der Decke bröckelte schon der Putz. In der Ecke habe ich drei Skorpione entdeckt, zwei kleine und einer so groß wie ein Daumen. Im Haus soll es auch Wanzen geben, habe ich gehört. Und dafür verlangt die Alte zweieinhalb Goldfranken monatlich.«

»Unverschämt«, schimpfte der Reporter.

Demi, der Wirt, schaute sichtlich gerührt über die Köpfe hinweg. Solch ein Glück hatte er, dass der Ausnahmezustand nicht über Tirana verhängt worden war, und er dieses Café nicht schließen musste. Mochte es ihm für immer erhalten bleiben!

Der letzte bemerkenswerte Zwischenfall an diesem 7. April ereignete sich in der Abenddämmerung. Auf dem Balkon des Rathauses wurde der alte Amtsdiener gesehen, wie er schwitzend, die Gliedmaßen verrenkend seinen Leib um den Fahnenmast wickelte. Im spärlichen Licht konnte man zunächst nicht erkennen, was in den gebrechlichen, sonst so bedächtigen Mann gefahren war. Manche fürchteten, er wolle sich aus Trauer und Verzweiflung umbringen. Dann wurde seine wahre Absicht deutlich: Er wollte die Nationalflagge auf Halbmast setzen.

Als endlich die Nacht über die Stadt hereinbrach, zerstreute sich die Menge. Die Schreckensmeldung hatte die Leute auf die Straßen getrieben, die Dunkelheit zwang sie nun, sich wieder zurückzuziehen. Obwohl sie den ganzen Tag geduldig gewartet, die Augen aufgerissen und die Ohren gespitzt hatten, konnten sie das Ereignis immer noch nicht begreifen. Von woher kam die Strafe? Woher würde die Rettung kommen? Nur der Himmel wusste es. Morgen würden sich die Gotteshäuser wieder mit betenden Menschen füllen.

Die Luft wurde immer kälter und schneidender. Tirana hatte eine schwierige Nacht vor sich.

7
»HOLEN SIE UNS DAS ALBANISCHE ÖL!«

In der amerikanischen Botschaft war auch an diesem Tag der Strom der Besucher nicht abgerissen. Eben hatte Julius Grant die letzten Gäste zur Tür begleitet und war in den Salon zurückgekehrt, wo die Bediensteten bereits mit dem Aufräumen beschäftigt waren. Er empfand Mitleid und hätte ihnen am liebsten gesagt, geht schlafen, morgen ist auch noch ein Tag. Aber er tat es nicht, denn er wusste, auch morgen würde gleich in der Frühe wieder mit großem Andrang zu rechnen sein.

Er wartete, bis seine Leute fertig waren, dann setzte er sich.

Ein paar Stunden zuvor war plötzlich, genau da, wo er jetzt saß, wie eine Spukgestalt der britische Botschafter Harris aufgetaucht. Grant wollte zunächst seinen Augen nicht trauen. Der Brite streckte ihm sogar die Hand zum Gruß entgegen. Bist du gekommen, um mich in der Stunde des Kummers zu erleben, um über mich zu triumphieren, Harris? Das Gesicht des Briten verriet, wie immer, nicht das Geringste. Steif hatte er den Arm ausgestreckt, seine Hand war kalt. Die Kühle der Berührung hatte sich sofort auf den ganzen Salon übertragen.

Seine Schritte auf dem Steinboden waren noch nicht verhallt, da spazierte ein anderer Bursche herein, von dem Grant überzeugt gewesen war, ihn nie wieder in seinem Haus empfangen zu müssen: der albanische Außenminister, Adnan Bey Gorica. Anders als Harris gab der sich nicht kühl, sondern zerknirscht: »Wir hoffen, Sie haben von unseren drastischen Anstrengungen, die Bevölkerung zu entwaffnen und für öffentliche Sicherheit zu sorgen, erfahren, im Besonderen im nördlichen Hochland. Wir haben alles getan, was in unserer Macht lag, Monsieur l'Ambassadeur.«

Grant hörte ihm stumm zu. Dieser Adnan Bey, eine arrogante und unverschämte Person, hatte ihm das ganze letzte Jahr das Leben so schwer gemacht. Jetzt saß er kleinlaut in seinem Salon und rechtfertigte sich, doch Grants Erstaunen darüber blieb so groß, dass es ihm unmöglich war, irgendeine Art von Genugtuung zu empfinden.

Er seufzte.

Jetzt waren sie alle gegangen, er aber konnte nicht gehen. Er war gefangen in seinem Haus, wo die Stimmen und Schritte noch nachhallten; wo im Vorgarten die festgetretene Erde und der Kies noch Zeugnis ablegten von der Menschenmenge, die dort den ganzen Tag ausgeharrt hatte.

Grant gab sich einen Ruck. Er nahm die Treppe nach oben und trat auf die Terrasse. Die Luft war kühl. Tirana lag vor ihm, dunkel, wie ausgestorben. Unmöglich zu glauben, dass nur wenige Stunden zuvor eine unbeschreibliche Aufregung sich der Stadt bemächtigt hatte. Noch immer sah er die Menschen vor sich, wie sie da standen und still warteten.

Dieses Gedränge, diese alles beherrschende Trauer, diese höllische Ballung von Gefühlen – all das war ihm völlig fremd. Fremd und befremdlich. So wie alles in dieser Stadt, in der er seit einem Jahr lebte und arbeitete.

Er war voller Tatkraft und Zuversicht hierher gekommen, und doch war dieses Jahr mit Abstand das schwerste seiner Karriere gewesen.

»Wie sind Sie Diplomat geworden?«

Oh, mit welchem Vergnügen er diese Geschichte erzählte, wenn ihn die Damen in den Salons danach fragten.

»Aus Liebe zur Entdeckung oder zum Abenteuer, Madame, nennen Sie es, wie Sie wollen. Es begann mit einer Weltreise, die ich nach dem College antrat und die mich bis nach Indien führte. Eine Leidenschaft in mir war geweckt worden, die mich nie wieder loslassen sollte: fremde Länder und andere Kulturen kennenlernen, Völker einander näher bringen. So machte ich aus meiner Berufung einen Beruf.«

Es war nicht leicht gewesen, seine Familie dafür zu gewinnen. Sie erwarteten, dass auch er, wie alle Männer der Grants, Bankier werden würde. Der Vater verfolgte zunächst zufrieden den Werdegang seines jüngsten Sprosses mit dem unübersehbarem Hang zur Unabhängigkeit. Doch, als er von dieser Weltreise zurückkehrte und seinen Berufswunsch äußerte, war der Vater schockiert. Diplomat? Gott bewahre! Das kann doch nicht dein Ernst sein!

Für den Vater war das ein Hirngespinst, die verdrießliche Caprice eines verwöhnten jungen Mannes. Zu jener Zeit galt der Beruf des Diplomaten in Amerika nicht viel, er wurde meist von pensionierten Politikern ausgeübt. Inzwischen hatte sich da Einiges geändert, es war kaum mehr zu glauben, dass Diplomaten zu jener Zeit noch nicht einmal Beamte waren. Damals war sein Vater so maßlos enttäuscht, dass er krank wurde und für mehrere Wochen das Bett hüten musste. Danach grollte er ihm noch lange, lange Zeit.

Dann trat Amerika im April 1917 in den Krieg ein und allen wurde plötzlich bewusst, welch entscheidende Rolle die Diplomatie spielte. Die Versöhnung zwischen Vater und Sohn im Beisein der ganzen Familie war sehr bewegend. Zum ersten Mal hatte Grant seinen Vater vor Freude weinen sehen.

Viele Jahre waren seitdem vergangen. Er hatte viele Herausforderungen bestanden: Mexiko, Niederlande, Kanada, Dänemark, als letztes Prag, die Hauptstadt der wenige Jahre zuvor gegründeten tschechoslowakischen Republik – da war er schon Erster Sekretär. Und dann: Gesandter. In Albanien.

Albanien? Wo liegt das genau?, hatte er sich gefragt, als ihn das Angebot aus dem State Department in Prag erreichte. Ein Zwergstaat auf dem Balkan, von dem man hie und da gehört hatte. Er war ratlos. War das denn wirklich ein Karrieresprung? Viele Gesandtschaftsposten in kleinen Staaten waren realistisch betrachtet weniger wert als das Amt eines Ersten Sekretärs in bedeutenden Ländern.

Seinen Zweifeln zum Trotz hatte er das Angebot angenommen. Eine Woche später reiste er mit dem Schiff von Europa heim nach Washington und quälte sich mit der Frage: Werde ich es bereuen?

An dem Morgen, als er in die 17th Street einbog, schlug ihm das Herz bis zum Hals. Sein Außenminister Hughes kam sofort zum Punkt, so als wüsste er genau, was sich in seinem Kopf abspielte, und als wollte er ihn von der Qual erlösen: Nach neuesten Erkenntnissen der Geologen würden in Albanien große Erdölvorkommen vermutet, allem Anschein nach die größten in Europa.

Erdöl also!

Das magische Wort war gefallen. Hughes lächelte und lehnte sich zufrieden zurück. Ihm war klar, was das bedeutete. Öl war der heimliche Star der neuen Diplomatie. Bereits während des Krieges war zwischen den Großmächten, eher lautlos, aber umso unerbittlicher, der Kampf um die Ölvorkommen in der nahöstlichen Region entbrannt. Grant wurde bewusst: Man schickte ihn direkt an die vorderste Front. Himmel, wie fühlte er sich geehrt!

In Prag hatte er zwar für einige Wochen den Botschafter vertreten. Die Prager Mission gehörte jedoch zu den ruhigen; es ging eher um Administration und Repräsentation, in einem warmen Klima des gegenseitigen Verständnisses, mit häufigen und herzlichen Diners beim tschechischen Präsidenten und dessen amerikanischer Frau. In Albanien dagegen erwartete ihn die größte Herausforderung, der komplizierteste und zugleich spannendste Job, den die Diplomatie derzeit zu vergeben hatte.

»Mein Gefühl sagt mir, dass Sie der richtige Mann für diese Aufgabe sind. Ihr Fleiß und ihre Leidenschaft sind uns aufgefallen«, sagte Hughes, als könne er Gedanken lesen, und kämmte mit seinen langgliedrigen Fingern seinen legendären Bart. »Gehen Sie und erledigen Sie diesen Job, Grant. Holen Sie uns das albanische Öl.«

Welch ein Tag, jener Januartag dort im State, War and Navy Building!

Am nächsten Morgen verschwand er im Archiv und tauchte in die Akten ein, die ihm von Albanien erzählen sollten und von dessen Beziehungen zu Amerika. Was war das für ein Land, dieses Albanien?

Es war der kleinste Staat auf dem Balkan; etwa so groß wie der US-Staat Massachusetts und erst zehn Jahre alt. Im Jahre 1912 hatte es nach fünfhundert Jahren osmanischer Herrschaft die Unabhängigkeit erlangt. Ein Jahr später, am Vorabend des Ersten Weltkriegs, wurde es auf einer europäischen Botschafterkonferenz in London zum Fürstentum erklärt; der deutsche Prinz Wilhelm zu Wied wurde auf den Thron gesetzt. Doch diesem war kein Glück beschieden; im Sommer 1914 brach ausgerechnet auf dem Balkan der Krieg aus; der Prinz musste gehen, das Land wurde von gleich sieben Armeen besetzt – Serbien, Montenegro, Griechenland, Österreich-Ungarn, Italien, Frankreich und Bulgarien –, die tiefe Spuren von Tod und Zerstörung hinterließen.

Nach dem Krieg versuchten die Albaner einen Neuanfang. Doch das Schicksal ihres Staates stand wieder einmal zur Disposition. Auf der Friedenskonferenz war es in aller Munde; seine Nachbarn, die Griechen, Italiener und Südslawen, erhoben Ansprüche auf das Land. Am liebsten hätten sie diesen jungen Staat, diese noch recht wacklige Schöpfung der Vorkriegsdiplomatie verschwinden lassen und das Gebiet unter sich aufgeteilt. Machenschaften, Tricks, Zank und Streit in den Hinterzimmern beherrschten die Konferenz, es war so finster und schmutzig gewesen, dass Julius Grant, ermüdet und angewidert, immer wieder die Akten hatte beiseite legen müssen. Er war sichtlich erleichtert, als er herausfand, dass sein Land an diesem Schacher nicht beteiligt war. Im Gegenteil: US-Präsident Woodrow Wilson höchstpersönlich hatte sich zugunsten der albanischen Sache eingeschaltet. Es war sogar von einem amerikanischen Protektorat die Rede gewesen.

Dazu kam es nicht, aber die Albaner durften ihren Staat in den vor dem Krieg festgelegten Grenzen doch behalten. Zwar umschloss das Staatsgebiet nur ungefähr die Hälfte des von Albanern bewohnten Raums, aber immerhin. Italiens strategische Interessen an der Ostadria sowie einige sehr engagierte Briten hatten entscheidend dabei geholfen.

Mittlerweile schrieb man das Jahr 1921.

Sehr gut, hatte Grant gedacht. Ob es den Albanern wohl bewusst war, dass sie Amerika die Existenz ihres Staates zu verdanken hatten? Aber seine Euphorie war schnell verflogen.

Mit dem Verschwinden Präsident Wilsons von der politischen Weltbühne verschwanden auch die Albaner von der Tagesordnung der amerikanischen Politik. Die Vereinigten Staaten unter dem neuen Präsidenten verweigerten Albanien trotz einer prinzipiellen Anerkennung diplomatische Beziehungen. Der Botschafter Albaniens in Washington bemühte sich vergeblich. Niemand empfing ihn, und auch seine Bittschriften erreichten den Außenminister nie.

Die Albaner setzten ihre Anstrengungen hartnäckig fort, unterstützt von einigen amerikanischen Bürgern. Unter ihnen tat sich ein gewisser Reverend Erickson hervor, er war Chef der Rotkreuz-Mission in Tirana. Seine Briefe zeugten von einer solch starken Hingabe, dass sie selbst die der Albaner noch übertraf.

In einem Memorandum an das Außenministerium zog Reverend Erickson alle Register. Seinem Urteil nach hätte dieses Land eine ganze Reihe von Vorzügen zu bieten, angefangen mit seiner strategischen Lage als Tor zur Adria bis zu beachtenswerten Bodenschätzen. Das Kostbarste jedoch seien die Menschen selbst; unter denkbar ungünstigen historischen Bedingungen hätten es die Albaner verstanden, über Tausende von Jahren Sprache und Identität zu bewahren. Darüber hinaus, so versicherte der Reverend, hege dieses Volk aufgrund des uneigennützigen Einsatzes von Präsident Wilson eine tiefe Zuneigung und Verehrung für alles Amerikanische.

Schon wieder Präsident Wilson! Welch gewaltigen Eindruck er doch hinterlassen hatte. Grant befiel eine Anwandlung patriotischen Stolzes.

»Diesem Volk haben wir große Hoffnungen gemacht«, steigerte Reverend Erickson sein leidenschaftliches Memorandum, »und es wäre eine Sünde, es jetzt im Stich zu lassen. Erkennt Albanien an, meine Herren! Vollbringt ein Werk, das euer Gesicht vor der Welt und eure Seelen vor Gott retten wird!«

Doch die Zeiten der Begeisterung für außenpolitische Abenteuer waren vorbei. Der Weltkrieg und die darauf folgenden Friedensverhandlungen in Europa hatten Amerika zermürbt. Apathie und Müdigkeit machten sich breit. Niemand wollte mehr von fernen Ländern hören, die in einer komplizierten Lage gefangen waren und Rettung von Amerika erwarteten.

Das Osteuropa-Büro teilte dem albanischen Botschafter lediglich mit, dass erstens Albanien noch »kopflos« sei – der Thron war noch nicht wieder besetzt, da der Völkerbund noch nach einem geeigneten Kandidaten suchte. Zweitens habe das Land keine definitiven Grenzen – zwei Grenzkommissionen der Botschafterkonferenz arbeiteten noch daran. Und drittens: Wer waren diese Leute, die sich herausnahmen, als albanische Regierung aufzutreten? Waren sie überhaupt gewählt? Die Antwort lautete: Nein. Vertraten sie zumindest das Volk? Leider auch nicht, davon zeugten die vielen Aufstände. Unter diesen Umständen sei eine offizielle Anerkennung der provisorischen Regierung beim besten Willen nicht möglich.

Eine mehrmonatige Funkstille war die Folge. Bis dann der Ruf nach dem Erdöl alles veränderte.

Das Wirtschaftsministerium setzte das Außenministerium über die augenscheinlich unermesslichen Ölreserven Albaniens in Kenntnis. Und von wem war das Signal gekommen? – Von Reverend Erickson.

Grant schmunzelte. Endlich hatte der Missionar einen Weg gefunden. Und was für einen. Einen richtigen, gottverdammten Highway!

Erickson hatte die Ölgesellschaften informiert, und diese hatten enttäuscht feststellen müssen, dass die Vereinigten Staaten nicht einmal ein Konsulat in Albanien unterhielten. Das Schreiben der Standard Oil Company an das Außenministerium hatte einen ziemlich harschen Ton. Während Anglo-Persian Oil Company, Royal Dutch Shell oder die italienischen und französischen Gesellschaften längst von ihren Regierungen in Albanien aktiv unterstützt wurden, verschliefen die Vereinigten Staaten die Entwicklung. Dabei war es doch das Außenministerium gewesen, welches die Ölindustrie aufgefordert hatte, sich aktiv in den Verteilungskampf einzumischen. Dafür hatte es volle politische Unterstützung angeboten. Was war daraus geworden? Die anderen Staaten und Ölkonzerne waren schon kräftig im Geschäft. Worauf warteten unsere Herren denn noch?

Nach einer dermaßen scharfen Rüge beeilte sich das Ministerium, seinen Orient-Experten Armstrong nach Albanien zu schicken.

Mit offener Begeisterung beschrieb Armstrong in seinen Lageberichten das amerikafreundliche Klima, das in Albanien herrschte. Amerika würde einen besonderen Platz auf der Beliebtheitsskala in Albanien besetzen. Es ging dabei weniger um die Dankbarkeit gegenüber US-Präsident Wilson oder andere subjektive Faktoren als vielmehr um einen anderen, leicht fassbaren Grund: die albanischen Emigranten in den Vereinigten Staaten. Ihre Zahl wurde auf 60 000 geschätzt; meist Männer im berufstätigen Alter. Kein anderes Volk besaß eine so hohe Pro-Kopf-Anzahl an Emigranten in den USA. Fast die Hälfte war schon in die Heimat zurückgekehrt, die anderen waren mehr oder weniger im Begriff dazu. Wenn der Trend anhielte, würde der proamerikanische Einfluss im Land bald dominierend werden – so Armstrong.

In der wichtigsten Frage, der Frage der inneren Sicherheit, hätte sich die Lage weitgehend entspannt. Die ersten Wahlen seien schon abgehalten worden, die Zahl der Aufstände sei zurückgegangen, und die Bevölkerung, vor allem die kriegerischen Bergstämme im Norden des Landes, würde nach und nach entwaffnet. Bislang war es noch keiner Staatsmacht gelungen, die Herrschaft über das schwer zugängliche nordalbanische Hochland zu festigen. Zum Glück jedoch hätten während des Kriegs die Österreicher, erfahrene Erbauer von Alpenstraßen, für ihre militärischen Zwecke ein ansehnliches Straßennetz angelegt, das dem neuen Staat jetzt einen unschätzbaren Dienst leistete.

Armstrong wurde nun angewiesen, in Albanien zu bleiben, bis die diplomatisch legitime Vertretung entsandt sei.

Gern hätte Grant länger im Archiv die Akten studiert. Aber die Reisevorbereitungen waren viel zu kurzfristig für ein so wichtiges Unternehmen gewesen.

In den zwei Wochen der Überfahrt auf einem großen Ocean Liner hatte er versucht, sämtliche Faktoren zusammenzutragen, Vor- und Nachteile zu benennen und eine Strategie auszuarbeiten.

Albanien war ein instabiles und armes Land, dem ein riesiger Trumpf in den Schoß gefallen war: das von aller Welt heißbegehrte Erdöl. Logischerweise würden die Albaner all ihre Hoffnungen für die Lösung ihrer Probleme darauf setzen. Das Wichtigste, was sie brauchten, war der diplomatische Beistand auf internationaler Bühne für die noch offenen Status- und Grenzfragen. Und dann war da noch die Bekämpfung der finanziellen Not.

Sie würden also sorgfältig prüfen, an welche der konkurrierenden Gesellschaften sie die Konzessionen zur Förderung des Öls vergeben würden. Und die günstigsten politischen Gegenleistungen hatte Amerika zu bieten, wie es vor nicht allzu langer Zeit bewiesen hatte. Man musste diese Sonderrolle lediglich reaktivieren. Und was das Finanzielle anbetraf, so war dies das geringste Problem; die mächtige Standard Oil würde mit ihrem Angebot die anderen Gesellschaften mühelos ausstechen.

Trotzdem würde es ein hartes Wettrennen geben. Wenn die Menge des Erdöls tatsächlich den Erwartungen entsprach, dann hatten die europäischen Mächte allergrößtes Interesse daran, denn bisher mussten sie sich das Öl von weit entfernten Regionen heranschaffen. Das Land lag vor ihrer Haustür und besaß zudem eine für den Ausbau von Häfen hervorragend geeignete Küste.

Die ersten, die in Albanien Fuß gefasst hatten, waren die allgegenwärtigen und unvermeidlichen Briten. Obwohl noch viele andere Länder am Wettrennen teilnahmen, war Grant überzeugt, dass es schließlich auf ein britisch-amerikanisches Duell hinauslaufen würde, nach dem Vorbild des Ölstreits anderswo im Osten, etwa im ehemaligen osmanischen Wilajet Mosul, das später Teil des neuen Königreiches Irak werden sollte.

Armstrong hatte in seinem Bericht unter anderem erwähnt, dass der Botschafter Seiner Majestät in Tirana, Sir William Harris, als einer der Fähigsten der britischen Diplomatie angesehen wurde. Das machte die Sache nicht gerade einfacher.

Als er mit dem Schiff in Genua ankam, fühlte sich Grant niedergeschlagen und benommen, und das nicht nur des starken Seegangs auf dem Atlantik wegen. In Rom legte er einen zweitägigen Zwischenstopp ein, um etwas Zeit mit dem amerikanischen Gesandten, seinem alten Freund Fletcher, zu verbringen.

»Harris, ja, ich kenne ihn, natürlich«, hatte Fletcher bestätigt. »Ich hatte in Genf mit ihm zu tun. Ein harter Knochen. Hat als Gesandter Seiner Majestät am Hof des osmanischen Sultans große Erfahrung sammeln können. Gilt als hervorragender Kenner der levantinischen Intrige. Genießt den Ruf eines Unbesiegbaren.«

Als die Anker zur Weiterfahrt nach Albanien gelichtet wurden, überfielen Grant plötzlich starke Zweifel an seiner Entscheidung: Was habe ich mir da bloß aufhalsen lassen? Aber es war nur ein vorübergehender Anfall von Selbstzweifeln. Bald wollte er nur noch eins: So schnell wie möglich ankommen! Er musste endlich mit eigenen Augen sehen, was es mit diesem viel beschworenen Albanien, der Levante, dem Balkan, auf sich hatte.

Als das Schiff die Gewässer vor Albanien erreichte, fühlte er sich wesentlich wohler. Da lag es vor ihm, unter einem mit graugelben Wolken dünn belegten Himmel. Die Luft war warm, die Möwen kreischten. Da war sie, die weiche, flache Küste der Bucht von Durrës: offen, bereit für ihn und seine Öltanker.

Bald würde er diese Erde betreten. Er würde ihr ihre Geheimnisse entlocken. Er würde sie verführen, sie würde sich ihm hingeben, er würde bekommen, was er wollte.

Wie er sich darauf freute! Wie ein Bräutigam auf seine Braut.

Was war daraus geworden? Grant lächelte gequält, dort oben auf der Terrasse. Albanien hatte ihm nichts gegeben, es hatte nur Tribut gefordert. Und jetzt auch noch zwei Menschenleben.

Grant senkte den Blick auf die schlafende Stadt. Dann sah er hinüber zur nur einige hundert Fuß entfernten Baugrube. Sie bot einen trostlosen Anblick. Seit dem letzten Regen war sie mit Wasser vollgelaufen, und überall lagen verstreut zurückgelassene Baumaterialien herum. Seit Monaten hatte sich nichts getan.

Dabei war der erste Spatenstich mit einem großen Fest gefeiert worden: Hier sollte das neue Gesandtschaftsgebäude entstehen. Eigentlich hätten längst die Fundamente fertig sein sollen. Doch es ging nicht voran. Die Grube erinnerte ihn jetzt an ein Grab – ein Grab für all seine Pläne und Wünsche.

Es hatte mit kleinen Verzögerungen begonnen, dann setzte eine ganze Reihe Enttäuschungen ein, und die anfängliche Nervosität wich hemmungsloser Frustration, Wut und Scham.

Das alles hatte er nicht ahnen können, als er an seinem ersten Morgen, im März 1923, im Haus der Tiraner Rot-Kreuz-Mission aufgewacht war. Zitternd war er aus dem Bett gekrochen und aus dem Zimmer in einen engen Flur hinausgelaufen, in dem es kräftig zog. In der Küche hatte Reverend Erickson auf ihn gewartet. Den Abend zuvor war er ihm im warmen Licht der Öllampen freundlicher erschienen. Heute sah sein Gesicht grau und vergrämt aus. Das passte doch besser zu diesem Tag, zu diesem Ort und zur Art der Arbeit, die er machte, dachte Grant bei sich.

Auf dem Tisch stand ein bescheidenes Frühstück: Zwieback und etwas Milch.

»Die Märkte funktionieren noch nicht richtig«, erklärte Reverend Erickson. »Wir müssen uns mit dem Nötigsten selbst versorgen; Gemüse anbauen, Hühner und Kühe halten, wie die Einheimischen.«

»Ja, ich sehe. Hier lebt es sich wie zu Noahs Zeiten«, hatte Grant einen Scherz versucht.

»Das ist doch ein Grund zur Freude, Botschafter«, erwiderte der Reverend mit gespielter Fröhlichkeit, »wie oft ergibt sich im Leben die Gelegenheit zu einem Ausflug in biblische Zeiten?«

Eigentlich hatte er recht. Was sollte man sonst tun? Sich dem Trübsinn hingeben?

Draußen fiel sintflutartiger Regen.

Ihm kam sein erster Morgen in Prag in den Sinn. Auch dort war es regnerisch gewesen. Aber eine ganz andere Art von Regen, ein zivilisierter Regen, könnte man sagen. Er fiel gleichsam schwerelos aus einem silbern glänzenden Himmel und gab den Steinen in den Gassen unter dem Hradschin einen edlen Glanz. Aus dem Fenster sah man die Burgmauern. Das war das echte, alte, gediegene Europa.

In Tirana dagegen war das erste, was man sah, wenn man aus dem kleinen Fenster blickte, die rote Erde des Gemüsegartens mit den Tomatensträuchern und ein paar einsame Reihen mit Lauchzwiebeln.

Am dritten Morgen war dann die Sonne erschienen; so grell und aufdringlich, wie der Regen des Vortages schwer und unerbittlich. Der Boden dampfte, und obwohl erst Mitte März, wurde es sommerlich warm. Dazu kam ein betörendes Duftgemisch aus Blumen, Gewürzen und Gräsern, dem man nirgends entfliehen konnte. Nach so langer Zeit, seit seiner Indienreise, erlebte Grant wieder, was es hieß, den nackten Elementen der Natur ausgeliefert zu sein.

Er hätte nie geglaubt, dass sich eine solche Archaik des Lebens, gerade mal siebenunddreißig Seemeilen entfernt von Italiens Küste, erhalten haben könnte.

Statt einer Burg wie in Prag besaß Tirana den Berg Dajti. Mächtig und Schutz bietend stand er der niedrigen, fragilen Stadt zur Seite. Gleich in der ersten Woche wanderte Grant den Berg hinauf. Von dort konnte man die Stadt gut betrachten: die weißen Wände und roten Dächer der bescheidenen Behausungen – jede mit dem sie umgebenden, immergrünen Gartenstück, die verwinkelten Gassen, die runden Wasserbrunnen auf den kleinen Plätzen, die bunten Moscheen mit den spitzen Minaretten, die Glockentürme und Zypressen der Kirchen, den Uhrturm im Herzen der Stadt.

Vom Berg aus erschien Tirana wie eine selige, bunte Insel der Gemütlichkeit. Warum mutete dieser Ort trotzdem so abweisend und streng an? Tagelang versuchte er den Grund dafür zu finden. Bis ihm endlich klar wurde: Es war das Fehlen von Weiblichkeit.

Im Stadtbild von Tirana gab es keine Frauen. Die Geschlechter schienen getrennte Leben zu führen. Die Männer bevölkerten die Plätze, die Straßen, die Kaffeehäuser. Die Frauen dagegen hielten sich hinter hohen Mauern versteckt. Die einzigen weiblichen Personen, die er über Monate zu Gesicht bekommen hatte, waren die Bäuerinnen, die donnerstags ihre Produkte auf dem Wochenmarkt feilboten, die amerikanischen Nonnen vom Roten Kreuz und einige sehr wenige Diplomatenfrauen.

Nach einigen Wochen hatte er sich langsam an das Leben in Tirana gewöhnt, spürte eine Art primitiver Behaglichkeit und sagte zu sich selbst: Welcome in Tirana. Albanien zeigte seinen ganz eigenen, wild-romantischen Charme. Bald unternahm er kleine Ausflüge in die Umgebung, entdeckte malerische Dörfer inmitten einer farbenfrohen Landschaft, ging jagen und erlegte Hasen, einmal sogar ein Wildschwein.

Und die Menschen?

Da waren einmal die »einfachen« Leute, die Tirana bevölkerten, Arbeiter, Handwerker und auch Bauern aus den umliegenden Dörfern. Sie bildeten mit ihren schwarz-weiß-roten Trachten, wie sie da in den Türrahmen ihrer kleinen Werkstätten des Basars lehnten oder hinter dem aufgetürmten Gemüse auf dem Bauernmarkt standen, eine folkloristische Kulisse wie in einem Freilichtmuseum.

Von ganz anderem Schlag waren die Beamten und alle, die in irgendeiner Funktion mit dem Staatsapparat zu tun hatten. Waren die einfachen Leute träge, gelassen und philosophisch, hetzten diese unentwegt durch die Gegend. Das sogenannte Ministerienviertel, jenes Dreieck hinter dem Basar, das das Verwaltungszentrum der neuen Hauptstadt bildete, wimmelte von ihnen.

Fast alle waren Rückkehrer aus dem Exil – aus Amerika, aus Wien, Paris, London und Leipzig, und auch die ehemals hohen Beamten aus Istanbul, »Orientalen« genannt, die sich durch das Prädikat »Bey« im Namen sowie den roten Fez mit schwarzem Zottel, den sie mit europäischer Kleidung kombinierten, von den »Okzidentalen« unterschieden. Aus allen Ecken der Welt brachten sie ihre neue Sprache, Kultur und Manieren mit. Wie Außerirdische waren sie in Tirana gelandet und hatten aus dem ehemals verschlafenen Nest einen flirrenden Ort babylonischer Vielfalt gemacht.

Bei ihren Besuchen in seinem Salon schilderten sie ihm stolz und leidenschaftlich ihren Befreiungskampf von der fünfhundertjährigen osmanischen Herrschaft. Die Unabhängigkeit war für sie der erste Schritt zurück zum »Mutterkontinent Europa«. Als Nationalflagge hatten sie deshalb das Wappen von Skanderbeg gewählt: ein blutrotes

Tuch mit einem doppelköpfigen, schwarzen Adler. Skanderbeg, der albanische Fürst aus dem 15. Jahrhundert, hatte den Widerstand der Albaner gegen die osmanische Invasion angeführt.

Von den Hungersnöten, die den kargen Norden immer wieder heimsuchten, bekam man kaum etwas mit. Vor wenigen Wochen erst hatten einige Stämme dort wieder einmal den Aufstand gegen Tirana geprobt. In der Stadt gab es aber keinerlei Zeichen von Unruhe. Im Gegenteil, es wurde mit viel Überschwang, Energie und Freude daran gearbeitet, den Staat aufzubauen. Man war voller Zuversicht, dass der Frieden sich bald festigen würde. Die Flüchtlingslager wurden nach und nach aufgelöst, die Vertriebenen aus den an die Nachbarstaaten verlorenen Gebiete bekamen neues Ackerland. Die zwei Grenzkommissionen der Botschafterkonferenz, die eine an der nördlichen, die andere an der südlichen Grenze, kamen gut voran. Und bald würde sich auch ein neuer Herrscher für den Thron finden; bis dahin gab es ein Vierer-Komitee, das aus den Repräsentanten der vier Konfessionen im Land bestand, zwei christlichen und zwei muslimischen. Was allerdings schmerzlich vermisst wurde, war Geld, Geld, um die Wirtschaft in Gang zu setzen. Flehentlich wurden Investoren ins Land gebeten, vor allem aus dem allseits bewunderten Amerika.

Beim ersten Empfang, den man ihm zu Ehren gab, hatte Grant die Bekanntschaft der drei wichtigsten Führungspersonen des Landes gemacht.

Premierminister Fuad Herri war der mit Abstand wichtigste Mann im Staate. Eine überaus distinguierte und souveräne Erscheinung: hochgewachsen, schlank, feingezeichnetes, blasses Gesicht, durchdringende stahlblaue Augen. Der Moment ihres Handschlags hatte etwas Weihevolles. Sehr beherrscht, sprach er nur einige Worte in Deutsch, der einzigen europäischen Fremdsprache, die er kannte, aber mit welcher Würde und Noblesse! Dabei war er erst dreißig Jahre alt.

Der zweite, Bischof Dorotheus, war die Schlüsselfigur der Opposition und gleichzeitig Oberhaupt der orthodoxen Kirche Albaniens. Ein Gelehrter, ein Poet und Mystiker, erinnerte er mit seinen langen Haaren und dem Bart, mit der schwarzen Robe und einem zwei Fuß hohen Hut auf dem Kopf an eine byzantinische Ikone. Wenn er den Mund aufmachte, überraschte er mit einem perfekten und doch extravaganten Harvard-Englisch. Er hatte lange in Boston gelebt, dort studiert und die albanische Diaspora angeführt.

Der dritte war Außenminister Adnan Bey Gorica, Abkömmling eines berühmten Geschlechts von Großgrundbesitzern aus dem Süden Albaniens. Er hatte früher als Gesandter des Sultans in verschiedenen europäischen Hauptstädten gedient - ein osmanischer Aristokrat mit vollendeten Umgangsformen, ein charmanter, brillanter Causeur der alten Schule. Sein Französisch war zweifelsfrei besser als sein eigenes.

Diese drei, vor Charisma und Tatkraft strotzenden Männer, hatten ihn so herzlich willkommen geheißen, dass Grant bald jede Unsicherheit hinsichtlich des Erfolgs seines Unternehmens verlor.

Sobald er seine Residenz verließ, stieß er auf eine grotesk hohe Zahl von Deputierten, Ministern, Offizieren und Geistlichen - alles Männer mit Visionen und großen Ideen, die einander mit »Exzellenz«, »Eminenz« oder »Hochwürden« anredeten; dazu Hunderte von kleinen Beamten, Zeitungsreportern, Politikamateuren, Botschaftern und Konsuln, Agenten von Ford, geologischen Teams auf der Suche nach Öl, Kaufleuten, die um die Tabak- und Streichholzkonzessionen buhlten, Spionen rivalisierender Gesellschaften, Geheimdienstlern, Missionaren der Methodistischen Kirche und des amerikanischen Roten Kreuzes, französischen Archäologen und den unvermeidlich dazugehörigen Hochstaplern und Glücksrittern. Sie traten einander geradezu auf die Füße, und das in Tirana, das jeden westlichen Komforts entbehrte. Unter den schleppenden Gesängen des Muezzins und dem abendlichen Glockengeläut der Kirchen hatte man sich mit Müh und Not in den unbeheizten Bädern der unverschämt teuren Hotels herausgeputzt, um dann, ein bisschen heroisch, ein bisschen lächerlich, mit Smoking und Lackschuhen durch den roten Schlamm der Stadt von einem Empfang zum anderen, von einem Salon zum anderen zu eilen. Dabei durften sich diejenigen glücklich schätzen, die ein Zimmer im Hotel International bewohnten, dem vorläufigen Zentrum des mondänen Lebens.

In den ersten Wochen hatte Grant im Haus des Roten Kreuzes, wie alle Amerikaner, die Tirana besuchten, unter unwürdigen Bedingungen gelebt. Die Suche nach einem eigenen Quartier hatte sich besonders schwierig gestaltet, aber am Ende fand er doch ein mehr oder weniger zufriedenstellendes Gebäude, ein zweistöckiges Steinhaus auf einer leichten Anhöhe unweit des Stadtzentrums.

In dem Schreiben an sein Ministerium, in dem es um die Finanzierung des zu errichtenden Gesandtschaftsgebäudes ging, hob Grant hervor, dass unter den Albanern eine ästhetische Sensibilität zu beobachten sei, wie sonst nur in Wien oder Sankt Petersburg. Daher käme diesem Bau eine besondere Bedeutung zu: Es müsse Amerikas Stellung in der Welt angemessen repräsentieren.

Doch noch immer war nicht klar, in welcher Stadt er den Sitz seiner Vertretung bauen lassen würde. Denn wie es in diesem Land noch keinen König und keine festen Grenzen gab, so gab es auch keine definitive Hauptstadt – Tirana war lediglich ein Provisorium.

Zwischen den zwei größten Zentren – Shkodra im Norden und Korça im Süden – herrschte seit jeher eine Rivalität, die nach der Staatsgründung neu entflammt war. Grant hatte beide Städte besucht: Er fuhr über die Straße des Nordens nach Shkodra und über die Straße des Südens nach Korça. Beide verfügten über eine lange städtische Tradition, er hatte sogar europäisch gekleidete Frauen auf den Straßen und in den Kaffeehäusern gesehen.

Und dann war da noch Durrës, die Hafenstadt fünfundzwanzig Meilen westlich von Tirana, mit seiner griechisch-römisch und byzantinisch-venezianischen Vergangenheit, deren Relikte in jedem Winkel zu entdecken waren. Sie war das antike Dyrrhachion, von den Venezianern Durazzo genannt, der Name, der sich bei den Diplomaten und allen anderen Ausländern durchgesetzt hatte. Seit der kurzen Regentschaft des glücklosen deutschen Fürsten zu Wied 1914, dessen Hauptstadt sie gewesen war, befanden sich hier die Gesandtschaften aller europäischen Staaten.

Trotzdem glaubte Grant, und damit war er nicht allein, dass die provisorische Hauptstadt bald die tatsächliche Hauptstadt sein würde. Keine der drei Städte war bereit, der anderen die Hauptstadtwürde zu gönnen. Die mächtigen Shkodraner, Korçaren und Durrësaken würden sich gegenseitig in Schach halten. Der Pascha des ländlichen Tirana dagegen hatte den Krieg nicht überlebt; er war als Verräter verdammt und von eigenen Landsleuten in Paris während der Verhandlungen der Friedenskonferenz ermordet worden. Die Stadt war ohne ihren alten Herrscher geblieben und bot somit den idealen Raum für den Kosmopolitismus einer neuen Zeit.

Die amerikanische Botschaft sollte also in Tirana gebaut werden. Die anderen würden ihm bald folgen. Unverzüglich ließ Grant den Architekten Grimm, seinen guten Freund aus Prag, nach Tirana kommen, der sich sofort für die Sache begeisterte.

Der Architekt und Grant saßen stundenlang, die Köpfe zusammengesteckt, über Karten und Zeichnungen und überflügelten sich mit Ideen über die urbanistischen Möglichkeiten Tiranas. So hatten sie etliche Stellen ausgemacht, wo die Stadtbibliothek gebaut werden könnte, um die alten Bücherbestände unterzubringen, die Grant in den vielen Klöstern gesehen hatte. Oder ein riesiges archäologisches Museum – zum Beispiel am Hang eines der vielen Hügel, mit halbrunder Treppe als Odeon, wo im Sommer Konzerte unter freiem Himmel abgehalten werden könnten. Mal schwelgten beide in der Vorstellung, wie sich die Tomatenbeete in Rosengärten und die Steinbrunnen in Marmorfontänen verwandeln lassen würden, mal sinnierten sie über die symbolische Bedeutung monumentaler Brücken über den Fluss Lana.

Vier Wochen nach seinem Eintreffen war auch Grants Entourage vollzählig, und er war endgültig in Tirana angekommen. Jetzt träumte er von der weiten albanischen Küstenebene, von Bohrtürmen zugestellt, wie eine Landschaft im heimischen Texas! Und dass er eines Morgens aufwachen und Tirana von der Terrasse seiner neuen Botschaft, des höchsten Punktes in der Stadt, mit einem Blick erfassen würde.

Was war von seinem Traum geblieben? Die Grube, einige Meter entfernt, verhöhnte ihn gnadenlos. Und Tirana war in Aufruhr wegen des Mordes an zwei seiner Landsleute.

Oh, was er alles darum geben würde, jetzt in die Stadt gehen zu können, in ein Café, ins Bristol, zum Beispiel. Nicht zu Botschaftern und Ministern, sondern zu den gewöhnlichen Menschen. Um mit ihnen zusammen zu sitzen und zu hören, wie sie die Dinge auslegten. Doch das war nicht möglich. Er musste noch warten.

8
IM KAFFEEHAUS WIRD DISKUTIERT

Im Café Bristol saßen die Gäste dicht gedrängt, nicht einmal der Kellner konnte sich einen Weg bahnen. Die Kaffeetassen und Rakigläser wurden von Hand zu Hand weitergereicht.

»Die Amerikaner toben«, flüsterte der Reporter von Amerikas Albaner seinem Gegenüber zu. »Mein Kumpel Kosta, der Dragoman der Gesandtschaft, erzählte mir, dass die Telegraphen heißlaufen von den Nachrichten, die ein- und ausgehen.«

»Und was sagen diese Nachrichten? Werden die Amerikaner uns bestrafen?«

»Darüber darf er nicht reden.«

»Nicht, dass sie Bomben auf uns werfen wie die Italiener in Griechenland!«

»Bomben, na klar, und wie! Wir haben die Hand gebissen, die uns füttert. Wir sind doch ein Mistvolk!«

»Ewig soll in der Hölle schmoren, wer uns diese Schmach angetan hat.« Pater Serafin, der einzige aus den Bergen in der Runde, hatte diesen Fluch mit solcher Heftigkeit ausgestoßen, dass es Demi, dem Wirt, einen Schauder über den Rücken jagte.

»Ganz richtig«, nickte Imam Babrru, der bis dahin vor sich hin gedöst hatte. »Ungläubig seid Ihr zwar, doch dies war ein weises Wort. Jene Mörderhand sei verdammt in alle Ewigkeit, inschallah.«

»Ich kann es noch immer nicht glauben«, sagte der blasse junge Mann vom Tisch der Dibraner und errötete wieder. »Bis heute kannte ich nur einen einzigen Fall, wo ein Albaner einen Fremden in Friedenszeiten getötet hat. Es war vor zehn Jahren, als der russische Konsul in Mitrovitza jenen Mann öffentlich beleidigte. Dieser nahm Rache für seine verletzte Ehre, ebenfalls öffentlich, wie es sich gehört. Dann ergab er sich den Gendarmen.«

»Eins steht schon mal fest: Die Mörder auf der Straße des Nordens, wer auch immer sie sind, sind keine Männer der Ehre. Sie haben aus dem Hinterhalt geschossen.«

»Elende Feiglinge!«

»Eine Schande für uns Albaner.«

»Ich bezweifle, dass es überhaupt Albaner gewesen sind«, sagte Bekim Prizreni vom Tisch der Kosova-Flüchtlinge. »Es könnte die Tat des Feindes gewesen sein.«

Bei diesen Worten blickten alle sorgenvoll auf.

»Es sieht ganz nach der Hand der Serben aus«, ergänzte der Kosovare seine Überlegung. »Die kennen keinen Gott.«

»Ich denke, es sind eher die Griechen«, rief ihm Çelo Çami zu, »es wäre nicht das erste Mal, bei all den Gräueln, die sie da unten bei uns angerichtet haben.«

Die Kosovaren schauten traurig zu ihm hinüber, widersprachen aber nicht.

»Die sind doch alle gleich, die Schufte«, schimpfte Imam Babrru.

»Man bräuchte wieder die Österreicher, die allein konnten den Serben und Konsorten ordentlich das Fell gerben. Hätten die bloß nicht diesen verdammten Krieg verloren«, seufzte Pater Serafin.

»Kluges Wort«, murmelte Imam Babrru und zog verdrießlich an seiner Wasserpfeife. »Schade drum, auch wenn es Ungläubige sind.«

»Italien war auch nicht so schlecht für uns«, warf Çelo Çami ein und blickte verstohlen in Richtung Keno Efendi. »Als die Italiener hier waren, haben sich die Griechen überhaupt nicht gemuckst.«

»Gott behüte«, entgegnete dieser mit gespielter Entrüstung.

Andere widersprachen heftig: »Wozu brauchen wir Italiener?«

»Diese Hungerleider.«

»Diese parfümierten Tunten.«

»Wir sollten täglich Gott dafür danken, dass wir sie los sind!«

Demi, der Wirt, dem diese Wendung geschmacklos erschien und dem Niveau seines Cafés nicht angemessen, mischte sich ein: »Irgendwelche Neuigkeiten aus dem Krankenhaus? Wie geht es Dod?«

»Immer noch schlecht«, antwortete ein Zeitungsmann. »Keine Veränderung. Der Arzt hat der Familie geraten, Abschied von ihm zu nehmen, er sei so gut wie tot. Doch die haben gesagt, solange wir ihn nicht begraben, werden wir ihn nicht beweinen.«

»Der arme Dod.«

»Hat einen Stall voll Kinder.«

»Er war ein guter Fahrer.«

»Sehr guter. Noch nie haben wir gehört, dass er jemanden in den Graben befördert hat.«

»Doch, einmal schon, diese beiden Derwische aus Elbasan.«

»Schweig, über Tote lästert man nicht.«

»Aber Dod ist doch nicht tot!«

»Hast du denn nicht zugehört? So gut wie tot.«

Die Tür sprang auf und zwei Reporter der Hauptstadt Heute stürmten atemlos herein.

»Was ist passiert? Wo wart ihr?«

»In Mamurras«, keuchte der eine.

»Gerade erst zurück«, hechelte der andere.

»In Mamurras?«

In dem engen Raum, wo Menschen, Stühle und Tische wie miteinander verwachsen schienen, schuf man im Nu Platz für die Ankömmlinge. Der Kellner brachte Kaffee und Raki.

»In Mamurras ist der Teufel los«, sagte der Erste.

»Auf der Straße des Nordens auch«, der Zweite. »Überall Gendarmen und Kontrollen, sieben Mal wurden wir von Mamurras bis zum Tor des Schwarzen Raben aufgehalten.«

»Seid ihr denn wahnsinnig geworden? Wieso habt ihr euch in eine solche Gefahr begeben?«

Die Aufmerksamkeit, die ihnen entgegenschlug, versetzte die beiden in einen Rausch.

»Aber wirklich, richtige Gefahr. Stellt euch vor, uns hätten die Gendarmen festgenommen. Knast, Folter, und dann, ciao bella, adieu, gute Nacht«, sagte der Erste. Er nahm das Rakigläschen in die Hand und rief: »Zum Wohl! Es lebe die Meinungsfreiheit!«

»Leider können wir die Meldung nicht mehr morgen bringen, die Druckerei hat längst Feierabend. Opa Dalip liegt bestimmt schon im süßen Schlaf. Aber übermorgen! Dann wird ganz Tirana aber staunen«, sagte der Zweite, noch erhitzter als der Erste.

Keno Efendi legte den Zeigefinger an die Schläfe. Das entging den Beiden nicht, legten sie doch, wie alle anderen auch, großen Wert auf das Urteil des »Großen Kadi« vom Bristol.

»Keno Efendi, du magst keine Journalisten, nicht wahr?«, sagte der eine etwas gekränkt.

»Ich? Wer sagt denn so was«, tat Keno Efendi entrüstet.

»Mal ehrlich, Keno Efendi, was hast du gegen uns?«, hakte der andere nach.

»Ich kann nichts gegen euch haben, solange ich nicht einmal verstanden habe, was ihr eigentlich wollt. Ihr redet viel, sagt aber wenig.«

»Wir haben unterschiedliche Überzeugungen. Aber wir alle tragen frischen Wind in das verschlafene Gemüt des Albaners!«

»Ihr gebt also zu, dass das hier für euch ein einziger Zirkus ist!«

»Nicht Zirkus, Keno Efendi, Meinungsfreiheit nennt man das!«

»Was du nicht sagst, mein Freund«, Keno Efendi richtete sich mit spöttischer Miene auf dem Hocker auf: »Was ich sehe, sind vorlaute Leute, die frech mal dieses, mal jenes behaupten; die sich heute aufs Ärgste beschimpfen, und morgen zusammen Kaffee trinken. In diesem Land sagt ein Mann seine Meinung und steht dazu. Die gute alte Luft war mir lieber als euer angeblich frischer Wind.«

Der Wirt sprang den so Gescholtenen bei: »Verdammt, was gab's denn nun in Mamurras?«

»Hach, ein richtiger Radau! Sie haben die Bauern aus ihren Häusern getrieben und verhört. Als wir gingen, hatten sie einige mit dem Kopf nach unten an den Ästen aufgehängt und droschen auf sie ein wie auf Bohnensäcke.«

»Wenn man sie zu sehr peinigt, werden sie sich wehren«, sagte Pater Serafin düster.

»Soll denn der Staat vor denen buckeln?«

»Am Schwarzen Raben haben wir gesehen, wie die Gendarmen eine ganze Truppe aufgehalten haben, die mit Gewehren auf den Schultern in die Stadt hereinspazieren wollten«, bestätigte einer der Reporter.

»In die Stadt? Hierher zu uns?«, fragten ein paar besorgte Stimmen.

»Oh, nicht schon wieder!«

»Sag ich doch«, stöhnte Pater Serafin.

»Soll das heißen, das Bergland erhebt sich wieder, nur weil ein paar Bauern aus Mamurras verdroschen wurden?«

»Diese verfluchten Bergler haben es schon wieder auf unseren Staat abgesehen.«

»Unser Staat verheißt für sie nichts Gutes«, polterte Keno Efendi dazwischen.

Betretenes Schweigen.

»Wenn die Verbrecher nicht gefasst werden, wird uns eine furchtbare Strafe treffen, Keno Efendi«, traute sich endlich einer.

Keno Efendi stieß den Pfeifenrauch durch die Nase und würdigte ihn keines Blickes.

»Habt ihr denn Cens Automobil gesehen?«, fragte schließlich der Wirt einen der Ankömmlinge.

»Ja, doch, sah erbärmlich aus, blutbespritzt und durchsiebt von Einschusslöchern. Drei Reifen sind platt.«

Cen heulte auf. Unter Tränen und Schluchzen vernahm man einige wirre Satzfetzen: »Gepflegt und gehegt ... wie einen einzigen Sohn ... herausgeputzt ... extra für italienische Signorinas ...« Das ganze Café spendete ihm Trost.

9
KAMPF UM DAS ERDÖL

Julius Grant starrte noch immer in die Finsternis. Vor seinem inneren Auge sah er für einen Moment seine toten Landsleute, wie sie durchlöchert und blutüberströmt über den Wagentüren hingen. Er schob die Vorstellung beiseite, um sich wieder an die ersten Wochen in Tirana zu erinnern.

Irgendwann hatte er seine persönliche Befindlichkeit, alles, was sein Urteil hätte trüben können, weggefegt und hatte sich voller Tatendrang an die Arbeit gemacht.

Die Parlamentssitzung, in der die Entscheidung über die Ölkonzessionen fallen sollte, war für den September geplant. Er hatte sein Amt im März angetreten, es war also ein halbes Jahr Zeit für die Vorbereitungen. Die Briten hatten einen erheblichen Vorsprung – sie arbeiteten schon seit einem Jahr auf das Ziel hin und hatten während dieser Zeit ihre Berater und Offiziere im albanischen Staatsapparat an entscheidenden Stellen positioniert. Und sie hatten einen besonderen Trumpf in der Hand: Die Anglo Persian Oil Co. besaß eine offiziell gegebene Zusage der albanischen Regierung aus dem Jahr 1921.

Fuad Herri, der Premierminister, hatte sich, ganz im Gegensatz zu seiner bisherigen Zurückhaltung, bei ihrem ersten Arbeitstreffen besonders herzlich gezeigt. »Ihre Präsenz in Albanien erfüllt uns mit Hoffnung«, hatte er geschwärmt. »Sie genießen unsere volle Gunst, Herr Gesandter.«

Dagegen hatte er bei der Zusammenkunft mit Adnan Bey Gorica, dem Außenminister, einen ersten Eindruck von der anscheinend grundlosen, permanent schlechten Laune des Albaners bekommen. »Gewiss, wir freuen uns über das Kapital, Exzellenz«, hatte Adnan Bey geraunt, ohne ihm in die Augen zu schauen. »Der amerikanische Dollar rettet gerade die ganze Welt. Da sind wir doch bloß ein kleiner Fisch.«

Den Dritten im Bunde, Bischof Dorotheus, hatte er unverändert gefunden: leidenschaftlich, überschwänglich, sprudelnd vor Metaphern und offener Sympathie. Allerdings besaß er, obwohl im Land als Held des Unabhängigkeitskampfes verehrt, als Oppositionspolitiker nur einen relativ begrenzten Einfluss.

Die diplomatischen Handbücher hielten verschiedene Ratschläge parat: »Die Vertreter kleiner und schwacher Staaten bluffen skrupellos, nach Teppichhändlermanier«, war da zu lesen. »Niemals auch nur die kleinste Regung zeigen, wenn man mit der Dummheit, Hinterhältigkeit, Brutalität und Ignoranz eines unzivilisierten Gesprächspartners konfrontiert ist«, schrieb ein englischer Spitzendiplomat in seinen Memoiren, »man hüte sich vor Empörung, Wut, Vorliebe, Vorurteil, Übertreibung, Dramatisierung, Eifer, Ironie, Aphorismen oder Epigrammen, doppelbödigen Fragen oder ambivalenten Antworten.« »Mit den Funktionären kleiner Staaten muss man wie mit kleinen Kindern umgehen«, lautete eine andere Position. »Man muss erst ihr Vertrauen gewinnen. Dann den eigenen Standpunkt unermüdlich oft wiederholen.«

Grant hatte lange darüber nachgedacht. Irgendwann kam er dann zu der Erkenntnis, dass er mit alledem nichts anfangen konnte. Die Rezepte der Manipulation passten nicht zu ihm. Und sie passten auch nicht zu Amerika!

Er glaubte daran, dass seit dem Ende des Großen Krieges, seit die Vereinigten Staaten die Weltbühne betreten hatten, die Diplomatie dabei war, sich neu zu erfinden. Grant war davon überzeugt, dass es nichts Schändlicheres für sein Land gab als Betrug und Manipulation. Eine Bemerkung zum politischen Stil des Balkans, die er in den Erinnerungen eines französischen Diplomaten fand, schien ihm jedoch nicht so verkehrt: Der Balkan sei eine eigentümliche Mischung von Heimtücke und Verschlagenheit mit Ehrgefühl und Edelmut.

Er wollte mit gutem Beispiel vorangehen, um die gute Seite des Balkans hervorzulocken; das Böse würde sich dabei hoffentlich von selbst erledigen. Er ahnte, dass das jedoch ein besonders kompliziertes Unterfangen werden könnte.

Schon bald war Agent Smith, der Mann von Standard Oil in Tirana, wegen der britischen Abmachung mit der albanischen Regierung aus dem Jahr 1921 zu ihm gekommen. Demnach verlangte die britische Ölgesellschaft nicht irgendeine Konzession, sondern das vollständige Monopol auf die Förderung des albanischen Öls, was die Albaner aber ablehnten. Ihrer Meinung nach war diese Vereinbarung von einer nichtgewählten Regierung getroffen worden und somit rechtlich nicht bindend. Sie versicherten, das Prinzip der Offenen Tür, welches Amerika bedingungslos einforderte, unter allen Umständen zu respektieren. Also hatte sich Grant mit Smith zusammengesetzt, um ein Angebot auszuarbeiten, das deutlich günstiger für die Albaner sein würde als das britische. Gerade waren sie damit fertig geworden, da erfuhren sie, dass der britische Botschafter Harris angedeutet habe, er würde den Albanern die versprochene Unterstützung in der Frage der griechisch-albanischen Grenze, die auf der Botschafterkonferenz demnächst aufgerollt werden würde, entziehen, sollte das albanische Parlament das Abkommen von 1921 brechen.

Es ging um vierzehn Grenzdörfer, um die Griechen und Albaner heftig miteinander stritten.

Dies war wahrlich eine besorgniserregende Nachricht: Es war nichts anderes als eine erpresserische Drohung.

Ohne lange zu fackeln, hatte Grant eine Protestnote direkt ans britische Foreign Office geschickt. Wir wissen nicht, auf welche Quelle Sie sich stützen, antwortete man von dort in bester Tradition des diplomatischen Zynismus, doch ist sie offenbar nicht seriös.

Nach der ersten Empörung musste er einsehen, dass es falsch gewesen war, so unüberlegt reagiert und damit seine Nerven gezeigt zu haben. Außerdem, wie konnte Amerika offiziell den Briten Mangel an Unterstützung vorwerfen, die es nicht einmal selbst den Albanern bot?

Einige Tage später war Agent Smith mit einer neuen Hiobsbotschaft zu ihm gekommen: Premierminister Fuad Herri hätte die Wälder von Struka, Eigentum seines Familienclans, an eine britische Scheinfirma verkauft, für abenteuerliche 300 000 Pfund! Die gleiche Summe sollte noch mal für die Bestechung der anderen Regierungsmitglieder geflossen sein.

Da hatte Grant zum ersten Mal böse Vorahnungen. Hektisch ließ er eine letzte Runde von Konferenzen anberaumen. Adnan Bey sicherte ihm wieder Neutralität und Fairness zu; einzig die konkreten Angebote würden als Kriterium in Frage kommen. Fuad Herri versprach das Gleiche. Und die Exemigranten aus Amerika um Bischof Dorotheus würden ausnahmslos für ihn stimmen.

Es war Ende September gewesen, die Hitze hatte nachgelassen. Aber die Gemüter glühten, und die Köpfe rauchten. Die »anderen Kriterien«, schienen trotz der gegenteiligen Beteuerungen von albanischer Seite, sehr wohl eine bedeutende Rolle zu spielen. Die Zahl der Freunde Großbritanniens im Parlament wuchs rasant. In der entscheidenden Sitzung würden also das proamerikanische und das probritische Lager aufeinanderprallen. Noch völlig unklar war, wie sich die anderen kleineren Gruppen, die Italophilen, die Verehrer Frankreichs und Deutschlands sowie die sogenannten Unabhängigen verhalten würden, wahrscheinlich würden sie sich von den Meistbietenden kaufen lassen.

Am Vorabend der Sitzung platzte dann die Bombe.

Sein Informant kam angerannt und meldete, dass das neueste Angebot von Standard Oil der Parlamentskommission vom Außenministerium gar nicht zur Prüfung vorgelegt worden war. Es würde auf der Sitzung noch über das alte, weniger attraktive Angebot abgestimmt werden.

Eiligst wurde nun ein Bote zu Adnan Bey geschickt, aber er kam mit der Nachricht zurück, der Außenminister sei am Morgen nach Italien abgereist.

Daraufhin hatten sie den Vize mitten in der Nacht aus dem Bett geholt und ihn im Büro von Adnan Bey nach der Akte mit dem neuen Angebot suchen lassen. Wenn man sie fände, könnte man beweisen, dass es bereits seit fünf Wochen vorlag, und dann könnte es den Deputierten vielleicht doch zur Abstimmung vorgelegt werden. Nach einigem Zögern und Zieren war dieser in Adnan Beys Büro gegangen, kam aber mit leeren Händen zurück. Ob er log oder nicht, ob man die Unterlagen absichtlich hatte verschwinden lassen, ob die Schuld dafür Adnan Bey, seinen Vize oder jemand anderen traf, war nicht herauszukriegen.

Der Vorsitzende des Parlaments, ein achtzigjähriger Herr, der um sechs Uhr früh im Morgenmantel den Agenten Smith empfangen hatte, bedauerte, er könne nichts mehr tun. Das Gesetz verlange, dass zwischen dem Einreichen der Angebote und dem Verhandlungstermin mindestens zwei Wochen liegen müssten. Außerdem könnten die Angebote nur über das Außenministerium und nicht direkt dem Parlament unterbreitet werden.

Der Morgen war diesig gewesen, als Grant sich mit seinem kleinen Gefolge – dem albanischen Dragoman Kosta, dem Agenten Smith und dem Sekretär Tyler – auf den Weg gemacht hatte.

Das Parlamentsgebäude war ein niedriges Haus, das früher als Schule gedient hatte. Die Abgeordneten saßen auf langen Bänken, die tatsächlich an Schulbänke erinnerten. Der britische Botschafter Harris und seine Leute hatten in den Besucherlogen Platz genommen. Harris machte einen absolut gelassenen Eindruck, wie immer. Leicht verschlafen blinzelte er mit seinen Rehaugen durch die dicken Gläser seiner Brille, man konnte ihn leicht für einen etwas vertrottelten Zeitgenossen halten. Doch alle, die ihn kannten, wussten: Dieser Mann besaß den vielleicht wachsten und schärfsten Verstand im gesamten diplomatischen Dienst des Britischen Empire.

Fuad Herri und Bischof Dorotheus huschten in den Saal, gefolgt vom Parlamentsvorsitzenden. Das Wort wurde sogleich dem Vorsitzenden der Ölkommission erteilt, der mit den üblichen Floskeln mitteilte, dass die Kommission nach gewissenhafter Abwägung der Kammer nahelegen würde, das besagte Angebot mit einigen Änderungen, die noch zu erläutern wären, anzunehmen.

Während sein Dragoman Grant übersetzte, war es im Saal mucksmäuschenstill geworden.

Das besagte Angebot? Welches Angebot?

Das war es: Es ging um den Vertrag von 1921. Das war also die Taktik der Briten! Den Wettbewerb gar nicht erst aufkommen zu lassen, während er sich wie ein Idiot um Prinzipien und Konditionen bemüht hatte.

Schockiert, wie gelähmt verharrte er auf seinem Stuhl. Agent Smith neben ihm war kreidebleich geworden, während Botschafter Harris noch immer sein Pokerface zeigte, auch Fuad Herri verzog keine Miene. Bischof Dorotheus und seine Leute waren ebenfalls in Schockstarre gefallen.

Die Sitzung wurde mit einem Hammerschlag des Vorsitzenden beendet. In großen Gruppen liefen die Abgeordneten zum Café International.

Grant grübelte, was wohl in den Köpfen unter all diesen schwarzen Hüten und roten Fezen vorgehen mochte. Wer hatte ihn verraten? Adnan Bey, das war schon mal klar. Oder kam der Verrat von weiter oben? War es der Premier selbst, Fuad Herri?

Die Sitzungspause dehnte sich ins Unendliche. Endlich verkündete der Hammerschlag den Beginn der Nachmittagssitzung. Grant nahm das alles wie aus weiter Ferne wahr. Auf den Bänken der Oppositionellen ging es jetzt sehr lebhaft zu. Sie klappten ihre Ordner auf und wieder zu, tauschten Schriftbögen und diskutierten leise, aber sehr angeregt miteinander. Da erhob sich eine erste Stimme aus dem Regierungslager. Der Dragoman rückte seinen Stuhl näher zu Grant und flüsterte die Übersetzung in sein Ohr: »Da diese Debatte von großer politischer Tragweite ist, schlage ich vor, sie hinter geschlossenen Türen zu führen.«

Jeder in diesem Land scheute offene Türen wie der Teufel das Weihwasser und träumte am liebsten von geschlossenen Türen. Doch jemand hatte mit großer Bestimmtheit Einspruch eingelegt und hatte sogar Erfolg. Ein betagter Abgeordneter der Mitte erhob sich und begann mit weinerlicher Stimme: »Liebe Freunde, heute will ich euch allen, Konservativen wie Liberalen, Jungen wie Älteren, Draufgängern wie Langmütigen das Folgende mit auf den Weg geben: Wir sollten die Meinungsverschiedenheiten beiseite lassen und nur an das Wohl des Volkes denken. Die Augen und die Hoffnungen aller ruhen an diesem Tag auf uns. Gott segne unser Volk.«

Nach ihm ergriff einer von Dorotheus' Leuten das Wort. Ohne Umschweife kam er auf den Punkt: »Der Herr Vorsitzende der Ölkommission will uns zum Narren halten! Verlangt er ernsthaft von uns, einer einzigen Gesellschaft alles zu gewähren, was sie will, nämlich die reichsten Gebiete zu für sie besten Bedingungen? Den mageren Rest, den sie verschmäht, sollen die anderen unter sich aufteilen? Ich frage mal ganz offen, sollen wir uns freiwillig in die Hand eines Monopols begeben?«

Im Saal brach Tumult aus. Die Bänke schienen zu hüpfen. Zweimal versuchte der Vorsitzende wieder Ruhe herzustellen. Doch es nützte nichts. Ein lautstarkes Wortgefecht setzte ein:

»Ein Monopol ist vaterlandsfeindlich!«

»Wo bleibt die Dankbarkeit für all das, was Großbritannien für uns getan hat?«

»Sind wir hier, um fremden Mächten Dankbarkeit zu bekunden? Oder uns um das Wohl Albaniens zu kümmern?«

»Die Briten nutzten im Jahr 1921 schamlos unsere Not aus!«

»Ich erinnere daran: Wir leiden noch immer Not!«

»Warum wird hier diese Not nicht offen diskutiert? Oder sind da andere Nöte im Spiel?«

Gesandter Grant und seine Leute hatten das Treiben fassungslos verfolgt. Jetzt ergriff ein Abgeordneter der Opposition das Wort. Akribisch nahm er die einzelnen Punkte des Angebots von Anglo-Persian Oil und Standard Oil aufs Korn, verglich sie miteinander und kam zu dem Ergebnis, das Standard Oil das bessere Angebot gemacht hatte – dabei bezog er sich noch auf das alte Angebot!

Das Parlament brodelte.

Nach drei Stunden hitzigster Debatte war es endlich zur geheimen Abstimmung gekommen. Der Vorschlag der Kommission scheiterte knapp. Gerade mal zwei Stimmen hatten den Ausschlag gegeben. Zwei Stimmen hatten seinen englischen Widersacher Harris von einem Sieg getrennt. Und Grant vor der schmachvollen Niederlage gerettet.

Viele Monate waren seitdem vergangen, aber Julius Grant steckte dieses Erlebnis noch immer in den Knochen.

10
DER MORD UND DIE WELTPOLITIK

Ein neuer Gast betrat das Café Bristol, ein Gendarm, der gerade seinen Dienst beendet hatte.

»Wir haben den Deutschen vom Sägewerk festgenommen«, brummte er und suchte sich einen Platz.

»Wen?«

»Na, wen wohl – den Deutschen, Mann!«

»Und weshalb?«

»Weshalb?«, der Gendarm war etwas genervt: »Was denkt ihr, weshalb? Weil er die Spuren am Tatort verwischt hat, deshalb!«

»Und? Was sagte er dazu?«

»Er ist ausgerastet«, sagte der Gendarm, den heißen Kaffee schlürfend. »Er schrie und fluchte und trat wie ein Tollwütiger um sich. Verlangte nach seinem Botschafter, doch der war nirgends zu finden. Schließlich sagte der Kommandant, lasst ihn gehen, der brüllt uns hier noch die Hütte zusammen. Morgen suchen wir nach Beweisen, dann geht er uns, inschallah, sowieso ins Netz, und dann kann er noch so zappeln.«

»Warum hat er das nur getan?«, schüttelte einer von den Amerikanern nachdenklich den Kopf.

»Seltsam, mir kam der Deutsche schon immer verdächtig vor. Ich frage mich, ob der vom deutschen Prinzen geschickt worden ist, um hier bei uns Unruhe zu stiften und dann in dem ganzen Gewirr unseren Thron zurückzuerobern?«

»Er sagte, er hätte die Opfer ins Krankenhaus bringen wollen, weil er nicht sicher sein konnte, ob sie schon tot oder noch am Leben waren«, erklärte der Gendarm.

»Lügenbold.«

»Vielleicht sagt er die Wahrheit?«

»Unsinn«, mischte sich ein gepflegter Herr ein. »Deutschland ist am Ende, mitsamt seinem Prinzen. Jetzt ist Mussolinis Klaue am Werk, die immer wieder nach der Perle Vlora greift. Seit der Schlappe von 1920, als wir seine Peppinos ins Meer warfen, findet er keinen Seelenfrieden mehr.«

»Diese Geschichte stinkt ... so streng, ich würde sagen ... wie nach Erdöl...«, meldete sich bedächtig ein eher schweigsamer Herr am Fenstertisch.

Im Café wurde es still. Die Leute strengten ihre Köpfe so sehr an, dass man mitunter ein Rattern zu hören meinte.

»Himmel, wie konnten wir nur so einfältig sein?«, ereiferte sich nun der, den man Pilo nannte. »Das liegt doch auf der Hand: Die Briten ermorden zwei Amerikaner, um denen unser Albanien mies zu machen. Und sie aus der Ölsache raus zu halten!«

»Oder die Amerikaner haben den Mord selbst angestiftet, um ihn den Briten anzukreiden!«

»Ay, ay, ay«, zischte Keno Efendi. »Demi, du bist hier der Hausherr, greif ein!«

»Keno Efendi hat recht«, stimmte der Wirt zu, »hütet eure Zungen, lasst sie nicht herumtoben wie wilde Stuten.«

Nach dieser heftigen Ermahnung erholte sich das Gespräch nur langsam.

»Ich weiß, wo der deutsche Gesandte, der Graf von Kardorff, steckt«, sagte gerade jemand. »Er liebt dieses antike Zeugs und stochert in jeder freien Minute nach zerbrochenen Krügen, Köpfen ohne Nasen und umgekippten Säulen. Der Marchese di Durazzo, der italienische Botschafter, begleitet ihn, aber nicht weil ihm das gefällt. Er hat ganz andere Sorgen, der Arme. Es heißt, der gute alte Marchese versteckt sich, weil ihm sein neuer Chef, Mussolini, überaus peinlich ist.«

»Bei Allah, diese Ausländer kapiere ich nicht«, stieß Imam Babrru hervor und zog an der Wasserpfeife. »Da kommt jemand vom anderen Ende der Welt und hat nichts Besseres zu tun, als in kurzen Hosen Klippen zu erklimmen, Steine zu sammeln, in Höhlen zu kriechen, durch Sümpfe zu waten, von Mücken zerstochen und von Malaria geplagt! Statt gemütlich im trauten Heim beieinander zu sitzen, ein nettes Pläuschchen zu halten, bei einem Gläschen Raki, mit 'nem Stückchen Käse und ein paar Oliven dazu.«

»Die wollen unser Öl, Imam Babrru, die lecken sich schon die Finger danach.«

»Nicht, dass die Fremden uns das ganze Öl klauen, und wir gucken in die Röhre«, sagte Pilo.

»Wenn die Unsrigen sich so blöd anstellen…«

»Man müsste sie warnen…«

»Habt ihr gesehen, was für komische Schenkel diese Ausländer haben? Rötlich, mit völlig verblichenen Härchen?«

»Oh ja«, sagte Keno Efendi, streitlustig wie eh und je, »igittigitt. Herrliche Schenkel dagegen hat der Albaner, kalkweiß mit pechschwarzem Haar. Schade nur, dass niemand sie je zu Gesicht bekommt, weil wir darauf versessen sind, diese Pracht vor bösen Blicken zu bewahren!«

»Himmel, was bist du giftig, Keno Efendi. Lass uns arme Narren doch ein bisschen Spaß haben.«

Demi, der Wirt, grinste.

11
JULIUS GRANT FÜHLT SICH HERAUSGEFORDERT

Die Nacht wurde merklich kühler, doch Julius Grant stand weiterhin auf seiner Terrasse, noch immer von den Eindrücken der letzten zwei Tage überwältigt.

Gestern war die ganze Stadt zu ihm gekommen, jung und alt. Heute kamen die Menschen aus den entfernten Landesteilen Albaniens oder sie schickten Telegramme. Sein Dragoman hatte ihm erklärt, das würde so weiter gehen, bis jeder Gesunde erschienen war und alle an einer Reise Verhinderten, die sich ein Telegramm leisten konnten, auch eines gesandt hatten.

Er hatte schon reichlich Gelegenheit gehabt, mit den albanischen Trauerzeremonien Bekanntschaft zu machen, beim Todesfall von Präsident Harding im vergangenen August und dann im Januar diesen Jahres, als Expräsident Wilson verstorben war. Und trotzdem war es diesmal anders.

In seinem Salon kondolierten sie diesmal nicht nur. Sie beschworen den Kanun der Berge, der den Albanern hoch und heilig war. Das sagenumwobene, uralte Recht des Bergvolkes schien über allen Religionen zu stehen, ja, es schien eine Art Grundreligion zu sein, mit einer Strahlkraft, die das ganze Land durchdrang. Folgte man der Logik des Kanun, so war die Tat nicht aus gemeinen Beweggründen begangen worden. Die Mörder, wer auch immer sie waren, hätten mit bösesten Absichten gehandelt, sie bezweckten offensichtlich schlimmste Erschütterungen, indem sie die größten Tabus brachen.

Grant biss die Zähne zusammen. Böseste Absichten also.

Unwillkürlich tauchte das Konterfei von Harris, mit seinen auffallend großen Augen vor ihm auf, wie der am Nachmittag gekommen war, um ihm den Puls zu fühlen. Die dumpfen Spiegelungen der dicken Brille verfolgten ihn seitdem auf Schritt und Tritt. Unbestreitbar hatte sich die Methode des Briten als überlegen erwiesen. Seine eigene Strategie dagegen war mehr als fraglich. Es war zwar im September im Parlament nicht zur Katastrophe gekommen. Doch erstens war sie nur um Haaresbreite verhindert worden, und zweitens nicht durch ihn beeinflusst, sondern durch Faktoren, die sich seiner Kontrolle entzogen.

Grant verließ die Terrasse und ging in sein Büro. In den Regalen standen die Dossiers – Dokumente eines ganzen Arbeitsjahres. Das erste Halbjahr war traumwandlerisch, wie im Flug, vergangen. Das zweite, das Halbjahr nach der Öldebatte, hatte sich quälend langsam hingezogen. Dreimal soviel Akten waren dabei entstanden. Er hatte nach den Gründen für diese Beinahekatastrophe gesucht, hatte die Informanten vervielfacht und verbrachte fortan die Nächte über ihre Berichte gebeugt, eine Arbeit, die er mit nicht zu überbietender Verbissenheit verrichtete.

Die Aktenordner standen dicht beieinander. Er konnte genau sagen, was sich in jedem von ihnen befand – so oft hatte er darin geblättert und so lange über ihnen gebrütet. Eisern hatte er sich durch die komplexen Verhältnisse und Ereignisse, die vielen Wendungen, Verstrickungen, Intrigen, Skandale und Putschversuche seit der Gründung des neuen albanischen Staates gekämpft und dabei versucht, Klarheit zu gewinnen.

Albanien, dieses für einen Fremden auf den ersten Blick so beschauliche Land, war durch den Machtkampf der beiden Kontrahenten, Premierminister Fuad Herri und dem oppositionellen Bischof Dorotheus, innerlich zerrüttet. Fuad Herri, Haupt eines Bergstammes aus dem Norden, stützte sich auf eine Reihe alteingesessener angesehener Clanchefs, während Bischof Dorotheus die »modernen« Kräfte, im wesentlichen die Rückwanderer aus den westlichen Ländern, die meisten von ihnen aus Amerika, anführte.

Die zwei Lager verfolgten gegensätzliche Interessen und grundverschiedene politische Philosophien: Die Traditionalisten, auch die Bey-Partei genannt, versuchten, ihre feudale Stellung als lokale Fürsten und Großgrundbesitzer auch im neuen Staat zu bewahren, während die Liberalen einen zentralisierten Nationalstaat nach westlichem Vorbild anstrebten. Und doch waren Fuad Herri und Bischof Dorotheus anfangs Verbündete gewesen. Das Zerwürfnis erfolgte erst zwei Jahre später.

Gesandter Grant zog einen dünnen Ordner aus dem Regal: Fuad Herris Personalakte.

Vor etwa dreißig Jahren war er in Schwarz Struka, der gebirgigen Landschaft nördlich von Tirana, als Sohn des Anführers des Struka-Clans geboren, einem Stamm mit alter kriegerischer Tradition. Schon als kleinen Jungen schickte ihn die Mutter, um ihn vor den Clanfehden zu schützen, zu Verwandten nach Istanbul, wo er später das Galatasaray-Lyzeum besuchte. Beim Ausbruch des Großen Krieges war er längst wieder zurück in Struka. Als sie Hochalbanien besetzt hatten, schafften die Österreicher den energischen und machtbewussten jungen Prinzen ausser Landes, indem sie ihn erst zum Offizier ihrer Armee machten und dann nach Wien abkommandierten.

Die Jahre in Wien sollten prägend für ihn werden. Bei Kriegsende kehrte er mit eher mitteleuropäischem Gehabe nach Albanien zurück und mischte sich mit brennendem Ehrgeiz in die Politik des neuen Staates ein. Sehr schnell machte er von sich reden und besetzte einen der wichtigsten Posten in der neuen Regierung: den des Innenministers. In dieser Funktion war er mit der Einrichtung des Sicherheitsdienstes betraut und strukturierte ihn nach seinen Vorstellungen. Der Sicherheitsdienst wurde das feste Fundament seiner späteren Macht. »Eiserne Hand«, diesen Spitzname wurde er nicht mehr los.

Im Jahr 1922 bot sich ihm die nächste Gelegenheit zur Machtausweitung. Als einer der großen Beys versuchte, durch einen Putsch die Macht an sich zu reißen, eilte Fuad Herri von der Nordgrenze, die er mit seinen Kampfverbänden gegen serbische Übergriffe verteidigte, nach Tirana zurück und schlug die Truppen des Putschisten aus dem

Feld. Seitdem trug er den stolzen Beinamen »Retter des Staates«. Von da an wurde es deutlich ruhiger. Die Putschversuche, Aufstände, auch die Kriminalität ließen nach. Mit Fuad Herri als Innenminister konnte der neue Staat von sich behaupten, eine gewisse politische Stabilität erlangt zu haben.

Gleich neben Fuad Herris Akte befand sich die von Dorotheus. Seite an Seite standen sie bestimmt auch in den Regalen der anderen Beobachter, so wie beide auch immer in einem Atemzug genannt wurden. In den Augen der Öffentlichkeit waren sie durch ihre Erzfeindschaft auf paradoxe Weise wie ein Zwillingspaar vereint.

Bischof Dorotheus war jetzt etwa vierzig Jahre alt. Geboren wurde er in einer albanischen Exklave im östlichen Balkan. Früh verließ das hochbegabte Kind seinen Heimatort und besuchte Schulen und Universitäten in verschiedenen Metropolen des Osmanischen Reiches. Ebenfalls früh fand er zur Rilindja, der nationalen Befreiungsbewegung der Albaner. Anfang des Jahrhunderts emigrierte er nach Amerika, um dort die Exilalbaner zu organisieren. Während der Pariser Friedenskonferenz tat er sich mit Reden, die einen großen Einfluss auf die Beschlüsse gehabt haben sollen, hervor. Mit diesem Ruhm kam er – zum ersten Mal in seinem Leben – nach Albanien, wo er die Autokephale Orthodoxe Kirche mit ihm selbst als Oberhaupt gründete und als Vertreter der Albaner Amerikas in die Politik ging.

Im Jahre 1922 befanden sich Fuad Herri und Dorotheus in derselben Regierung. Es war die Zeit, in der Fuad Herri virtuos das Innenministerium lenkte, während Dorotheus als Außenminister einen Triumph nach dem anderen feierte. Es schien, als seien die großen Visionen der nationalen Wiedergeburt in Albanien endlich Realität geworden.

Dann aber gab Fuad Herri seine Verlobung mit der Tochter des größten Großgrundbesitzers Albaniens, Gafur Bey Bishtqethmi, bekannt. Wie ein Blitz schlug diese Nachricht ein. Das demokratische Lager, mit dem Bischof an der Spitze, rechnete ihm die Verschwägerung mit den reaktionären Beys als Verrat an.

Der Bruch zwischen den beiden »Helden der Nation« wurde als nationale Katastrophe erlebt, in den Zeitungen wurden sogar Klagelieder abgedruckt. Einige Wochen später zerbrach das Regierungsbündnis. Fuad Herri nutzte die Gunst der Stunde und ließ sich zum Premierminister küren. Damit stellte er die Machtverhältnisse auf den Kopf. Allzu offensichtlich hatte er seine autokratischen Absichten erkennen lassen. Seine Mitstreiter von früher, Dorotheus' Partei, sahen sich über Nacht in der Opposition.

Beide Seiten lieferten sich nun heftige Gefechte im Parlament und tauschten hinterrücks schwere Attacken aus. Die Hemmschwelle sank. Nach und nach wurde die Kluft zwischen den beiden Lagern tiefer und tiefer und irgendwann unüberbrückbar.

Das war jene Zeit, als die Amerikaner in Tirana ihre Gesandtschaft eröffneten.

Die Briten hatten sich auf Fuad Herri, den starken Mann im Staate, konzentriert. Harris und Fuad Herri verstanden sich von vornherein so gut, dass sogar von emotionaler Nähe, ja von einer Seelenverwandtschaft zwischen ihnen gesprochen wurde.

Trotzdem war Grant davon überzeugt, dass Fuad Herris Herzlichkeit ihm gegenüber bei ihrem ersten Treffen nicht geheuchelt war. Doch spätestens seit der Öldebatte hatte sich ihr Verhältnis stark abgekühlt und Fuad Herri driftete immer weiter in britisches Fahrwasser ab.

Inzwischen war Grant auch klar geworden, warum. Fuad Herri hatte von ihm ein größeres Engagement erwartet; diese Chance hatte er aber nicht zu nutzen gewusst. Weil er das Spiel schlicht nicht begriffen und auf die noch völlig unterentwickelten parlamentarischen Mechanismen vertraut hatte.

Das Verwirrendste für ihn war die Person von Fuad Herri selbst, der die Aura eines Nationalhelden so glaubhaft ausstrahlte. In ihm bündelten sich ein außerordentlich gewinnendes Wesen, große staatsmännische und militärische Begabung, natürliche Hoheit und vornehme Ruhe. Seinen phänomenalen Aufstieg hatte er allerdings ganz anderen Eigenschaften zu verdanken: Völlig unbelastet durch Scham oder Moral beherrschte er wie kein anderer das politische Ränkespiel.

Immer stärker ließ er dabei diktatorische Züge erkennen. Niemand schien ihm mehr ernsthaft im Weg zu stehen. Mehrere seiner unter mysteriösen Umständen ums Leben gekommenen Gegner sollte er auf dem Gewissen haben. Dieser Mensch war halb Charismatiker, halb Teufel. Alle Tugenden und Untugenden des Balkans waren in ihm vereint.

Trotzdem hätte sich Grant nicht täuschen lassen dürfen. Er war von seinem Stolz verblendet gewesen und seinem eigenen Wunschdenken zum Opfer gefallen. Aber jetzt, jetzt hatte er seine Lektion gelernt. Jetzt würde er seine Albanienstrategie von Grund auf revidieren. Er würde versuchen, Kontrolle über die Entscheidungsprozesse zu erlangen. Ganz so, wie das die Briten vormachten.

Es blieb nur zu überlegen, ob er Fuad Herri zurückgewinnen sollte? Einen Pakt mit dem Teufel eingehen? Nein, bei allem Pragmatismus, wenn er gegen seine tiefsten Gefühle handelte, würde die Sache gründlich daneben gehen. Von Anfang an war Grant seiner natürlichen Affinität zu Dorotheus gefolgt. Freilich hatte er dabei übersehen, dass auch Dorotheus mehr von ihm erwartete. Aber ab sofort würde er entschlossen demonstrieren, dass er ihn und seine amerikanisch geprägten Mitkämpfer als Vertreter des Guten und Modernen aktiv dabei unterstützen würde, an die Macht zu kommen. Damit würde er Amerika, aber auch Albanien einen wahren Dienst erweisen.

Die Wahlen standen kurz bevor. Die Karten würden bald neu gemischt werden. Es war also höchste Zeit.

Der erste Schritt war, sein Ministerium davon überzeugen. Er hatte alles in einem langen Bericht sorgfältig dargelegt und nach Washington gesandt. Die Antwort kam schnell und war knapp: Sind Sie verrückt geworden, Grant? Fordern Sie allen Ernstes, dass wir unsere ganze Außenpolitik auf den Kopf stellen sollen, nur um der Albaner willen? Erlauben Sie sich bloß keine Einmischung in die albanischen Angelegenheiten.

Die Akte mit dem Titel »Wahlen Herbst 1923« war prall gefüllt mit Meldungen über Zwischenfälle und Drohungen gegen die Wahlmänner. Mehrere Kandidaten der Opposition hatte man halbtot geschlagen; sogar vor Mord schreckte man nicht zurück. Dieses Maß an Brutalität hatte ihn entsetzt.

Bischof Dorotheus, der gekommen war, ihn um Unterstützung zu bitten, hatte er mit einigen schwammigen Floskeln wieder weggeschickt. Er schämte sich seiner Ohnmacht wegen in Grund und Boden. Und immer wieder war er versucht, auf eigene Faust zu handeln.

Im November waren dann die Wahlen abgehalten worden. Doch sie brachten nichts Neues: Keines der beiden Lager konnte einen eindeutigen Sieg erringen. Die unselige Pattsituation blieb bestehen. Die Spannung wuchs von Tag zu Tag.

Fuad Herri klebte an seinem Premierminister-Sessel. Solange es keine neue Regierung gäbe, müsste die alte die Geschäfte weiterführen. Dorotheus' Partei forderte ohne Unterlass seinen Rücktritt, was ihn aber nicht im Geringsten beeindruckte.

Und dann, eines Samstagmorgens, es war der 23. Februar 1924, passierte, was schon länger in der Luft gelegen hatte: Auf der Freitreppe zum Parlamentsgebäude wurde Fuad Herri angeschossen, es war kurz vor der Eröffnung der ersten Sitzung. Er schaffte es noch, sich mit dem Revolver in der Hand in den Sitzungssaal zu schleppen, wo die Abgeordneten von ihren Sitzen aufgesprungen waren und ihre gezückten Waffen aufeinander gerichtet hatten. Mit letzter Kraft rief er seine Leute zur Besonnenheit auf.

Der Attentäter wurde noch am Tatort verhaftet. Wie ein Lauffeuer sprach sich herum, wer angeblich hinter der Tat stehen sollte: Es war die Föderation Frieden, eine Dorotheus' Partei nahestehende, radikale Jugendorganisation, der extremistische Flügel der Opposition. Der Bischof beeilte sich, das Attentat an Fuad Herri zu verurteilen, doch seine Glaubwürdigkeit war schwer angeschlagen. Der Schaden war immens, vielleicht sogar irreparabel.

Fuad Herri war zu einem tragischen Helden geworden und dadurch kaum mehr angreifbar. Seinen Posten hatte er vorübergehend geräumt, aber als seine Vertretung Gafur Bey berufen, seinen zukünftigen Schwiegervater.

Es waren schwere Stunden für die junge albanische Demokratie.

Wo man vor einem politischen Mord nicht zurückschreckte, war politischer Umsturz nicht weit. Grant war überzeugt, dass seine eigene Untätigkeit zu den jetzigen Umständen beigetragen habe, und empfand heftige Schuldgefühle.

Inzwischen, obwohl unvollständig und nur von der Hälfte des Parlaments getragen, nahm die neue Regierung die Geschäfte auf. Auch Agent Smith hatte sich sofort ans Werk gemacht, und nun lag sein Bericht vom Treffen mit Adnan Bey, der auch in der neuen Regierung als Außenminister für die Ölkonzessionen zuständig war, vor. Zuvor hatte sich Smith mit Grant beraten. Nüchtern hatte der Agent auch Korruption als Instrument in Erwägung gezogen. Sie dürfen so etwas nicht, hatte er Grant gesagt, Sie sind eine offizielle Person. Aber ich bin Geschäftsmann, für mich gelten andere Regeln. Und tatsächlich: Bei diesem Treffen hatte Adnan Bey alle Hüllen des Anstands fallen lassen und Schmiergeld verlangt.

Grant musste sich eingestehen, dass es ihm furchtbar schwer fiel, seinen neu gefundenen Pragmatismus in die Tat umzusetzen. Schon allein der Gedanke, dass die Amerikaner einem Schurken wie Adnan Bey Geld in den Rachen stopfen sollten, machte ihn krank.

In seinem letzten Bericht nach Washington, den er gerade verfasste, als ihn die Meldung vom Mord auf der Straße des Nordens erreichte, stand: »In diesem Staat erledigt niemand die geringste Arbeit, wenn er dafür nicht geschmiert wird. Als typisches Beispiel können wir den Fall des Architekten Grimm nennen, der, wie Sie, Mr. Secretary, wissen, von uns mit dem Bauprojekt des Botschaftsgebäudes beauftragt worden war. Entgegen aller ursprünglichen Zusicherungen wurden die bürokratischen Hürden so hoch gehängt, dass unser grundseriöser Architekt in Depressionen verfiel. Zunächst zweifelten die Beamten seine professionelle Eignung an; dann hieß es, der Entwurf passe nicht ins urbanistische Konzept Tiranas. Das Ganze gipfelte in der Behauptung, dass es juristische Komplikationen mit dem Eigentümer gäbe, da dieser das Grundstück schon früher an einen Kaufmann aus Shkodra verkauft haben soll. Erst kürzlich haben wir dann erfahren, was dahinter steckt: Die Beamten des Direktoriums für Öffentliche

Arbeiten, der Direktor der Urbanistik und all die anderen Zuständigen, sie alle erwarten, dass wir sie kräftig schmieren. Aber ich will lieber noch weitere zehn Jahre in diesem Haus mit Bad und Toilette auf dem Hof wohnen bleiben, als diesen unverschämten Forderungen nachzugeben.

Standard Oil Co. hat jedes Vertrauen in die Unterstützung durch die eigene Regierung verloren. Agent Smith geht nun eigene Wege, die aber ebenso holprig zu sein scheinen. Nach unseren teuer erkauften Informationen haben die albanischen Autoritäten die Ölkonzessionen mehrfach unter der Hand verkauft, sich von allen Seiten Zuwendungen zusichern lassen. Niemand von ihnen weiß natürlich, wie er aus diesem Teufelskreis ungeschoren wieder herauskommen soll, und alle haben sehr wohl Sorge, dass ihnen alles in Kürze um die Ohren fliegt. Wie ich höre, soll dies ganz nach dem Brauch der alten Türkei ablaufen: Raffe heute, was du kannst, für morgen wird Allah dann schon sorgen.

Nun frage ich Sie, Mr. Secretary, wie lange werden wir diese erbärmlichen Verhältnisse noch hinnehmen? Welche Figur machen die Vereinigten Staaten von Amerika vor der Welt, wenn sie kein Risiko eingehen?

Ich erachte folgendes Verfahren für ratsam: 1. Neuwahlen provozieren. 2. …«

Bis hierher war er mit seinem Bericht gekommen, als die Flügeltüren auseinander flogen und sein Sekretär Tyler hereinstürzte: »DeBurgh und Marvin sind umgebracht worden!«

Eine neue Front also. Er richtete den Blick auf die Bergkette. Die Straße des Nordens verlief entlang jener schroffen Karstformation, so konnte er ungefähr sagen, wo die Drojabrücke lag. Er müsste sie ja kennen, war schon mal drüber gefahren, auf dem Weg nach Shkodra, konnte sich aber nicht erinnern.

Die Drojabrücke sei auf der gesamten Straße des Nordens der vielleicht geeignetste Ort für einen Hinterhalt, hatte ihm sein Sekretär Tyler erklärt. »Droja« – so hieß der Fluss – bedeute im Albanischen

»Furcht«. Einer der beiden toten Männer war ohne Schuhe gefunden worden. Ob dies irgendeine rituelle Bedeutung hatte? Das zutiefst abergläubische Bergvolk lebte in einer eigenen, rätselhaften Welt voller fantastischer Sagen und Fabelwesen.

Wieder schaute er hinüber auf die Bergkette. Im April bot sie einen so faszinierenden Anblick, dass es einem den Atem raubte. Sie war dabei, das Blau, die Nuance des Winters, gegen das Grün der warmen Jahreszeit zu tauschen. Es war jenes scheue Grün des Frühlings, wenn in den Höhen noch Schnee lag. Die beiden Unglücklichen werden sich begeistert haben, oh, look, Marvin, what a beauty, oh, yes, DeBurgh, amazing, really. Es war schönes Wetter, also hatten sie das Autodach aufgeklappt. Die Kamera wird klack-klack gemacht haben, als der Wagen mitten auf der Brücke anhielt. Ehe sie sich versahen, hatte jemand DeBurgh in den Kopf geschossen, er war sofort tot. Marvin schaffte es noch, aus dem Wagen zu springen, doch er war nicht weiter als ein paar Schritte gekommen, als die Schüsse ihn zu Boden streckten.

So hatte ihm Tyler die Szene beschrieben. Er war völlig erschüttert von der Besichtigung des Tatortes und der Leichen im Leichenschauhaus zurückgekehrt. Die Körper waren so übel zugerichtet, dass Tyler seinem Chef davon abriet, zum Leichenschauhaus zu gehen. »Tun Sie es nicht«, hatte er gesagt, »wenigstens Sie müssen einen kühlen Kopf bewahren.«

Okay, dachte Grant. Dann fangen wir noch mal von vorne an: Gestern waren zwei amerikanische Bürger ermordet worden – einer von ihnen war der Sohn eines Senators. Jetzt musste er die Mörder finden. Erst die Mörder, also. Und dann die Hintermänner. Gesandter Grant rieb sich die Schläfen.

Alle um ihn herum wurden nicht müde, zu betonen, dass die Täter aus politischen Motiven gehandelt hatten.

Die Gesichter seiner Widersacher, Briten wie Albaner, zogen an seinem inneren Auge vorbei. Plötzlich, im Schatten der Ereignisse, schienen sie ihm zu allem fähig zu sein. War dieser tödliche Anschlag auf seine Landsleute als Warnung an ihn gedacht?

Grant zuckte zusammen, als wolle er diese Gedanken abschütteln.

Es war leicht, alle zu verdächtigen und in Verfolgungswahn zu verfallen. Er wollte einen kühlen Kopf behalten.

Er musste jeden Verdacht zügeln, solange ihm die simpelsten Fakten unbekannt waren: Was genau wollten die Toten hier? Waren sie vielleicht in irgendeiner Mission unterwegs? Warum war die amerikanische Gesandtschaft über ihren Besuch nicht informiert worden wie im Falle aller anderen Amerikaner, die nach Albanien reisten?

Mit dem nächsten diplomatischen Kurier aus Washington würde er ein paar Antworten auf seine Fragen bekommen und sicherlich auch neue Anweisungen.

Es war wohl das abschreckende Beispiel der Bestrafung Griechenlands, die die Panik der albanischen Behörden auslöste. Der Anlass dafür war ein terroristischer Überfall im August letzten Jahres an der griechisch-albanischen Grenze gewesen, wo eine Grenzkommission die Streitigkeiten um vierzehn Dörfer befrieden wollte. Alle Kommissionsmitglieder waren dabei getötet worden.

Dem Chef dieser Kommission, General Tellini und seinem Team, alles Italiener, wurde nachgesagt, Freunde der Albaner zu sein und diese bei der Festlegung der Grenzen zu begünstigen. Da nur die Griechen ein Motiv haben konnten und da der Mord auf griechischem Boden geschehen war, hatte Italien umgehend die griechische Regierung beschuldigt, welche ihrerseits versuchte, den Albanern die Schuld in die Schuhe zu schieben. Es mochte sein, dass nicht die griechische Regierung selbst, sondern andere, nationalistische Kräfte für die Tat verantwortlich waren, doch Italien machte kurzen Prozess. Seine Flotte belagerte und besetzte die griechische Insel Korfu, bis Griechenland kapitulierte und sämtliche demütigenden Friedensbedingungen akzeptierte.

Also saß heute Adnan Bey eingeschüchtert in Grants Arbeitszimmer und verteidigte sich. Nichts war mehr von seinem berüchtigten Hochmut übrig geblieben. Wenn Grant nicht gewusst hätte, mit welch einem Ungeheuer er es zu tun hatte, hätte er sogar Mitleid für ihn empfunden. Er wusste: Diese Regierung steckte jetzt bis zum Hals im Schlamassel.

Die Befriedung der Bergstämme war Fuad Herris erklärtes Hauptanliegen gewesen; daran wollte er sich messen lassen, darauf basierte sein Ruf als Retter des Staates und Meister der Diplomatie. Er pflegte das Image eines strengen, aber gerechten Herrschers, seine Methode war die von Zuckerbrot und Peitsche. Diese hatte durchaus Früchte getragen – immer mehr Stammesführer ließen vom Widerstand ab und schworen ihm Gefolgschaft. Doch jetzt war sein Ansehen in höchstem Maße gefährdet. Vor dem eigenen Volk drohte Fuad Herri das Gesicht zu verlieren und vor den fremden Mächten jeden Kredit zu verspielen. Daher die drastischen, fast hysterischen Maßnahmen, die Strafexpeditionen und Operationen im Norden, die im Ausnahmezustand gipfelten.

Grant spürte einen Aufruhr in der Magengrube. Sollte durch diese bizarren Umstände wirklich die Wende eingetreten sein? Hielt er jetzt alle Trümpfe in der Hand?

So wie Griechenland die Täter nicht fangen konnte, waren auch für die albanische Regierung die Aussichten ziemlich trübe. Sein Ministerium war nun gezwungen zu reagieren, wollte sich Amerika nicht vor der Weltöffentlichkeit blamieren.

Die Zeit arbeitete jetzt für ihn. Nun würden Adnan Bey und Fuad Herri sehen, wie wenig ihnen die Freundschaft mit den Briten nützen konnte. Nicht zufällig war Harris zu ihm gekommen. Das Blatt wendete sich.

Grant hatte einen bitteren Geschmack im Mund. War es der Beigeschmack der Rache? Sein irisches Blut ging schließlich mit ihm durch: Hör zu, Adnan Bey, du korrupter Hund, und dein Herrchen, von mir aus erklärt den Kriegszustand nicht ein-, sondern gleich zweimal, beruft Tribunale und Kommissionen bis zum Umfallen und gebt die Schuld sonst wem, doch glaubt ja nicht, dass ihr mir mit Tricks davon kommt. Ich werde euch für jeden Tropfen amerikanischen Blutes, das auf dieser Erde vergossen wurde, bezahlen lassen! Zermartert euch den Kopf, reißt euch in Stücke, ihr teuflischen, lächerlichen Clowns.

Grant verließ sein Büro und lief wieder auf die Terrasse. Die kühle Luft strich über seine Stirn, er seufzte. Einen Moment meinte er, die Köpfe der Menge, die sich vor der Botschaft versammelt hatte, im Mondlicht wieder zu sehen. Und ihr, warum seid ihr zu mir gekommen?

Er konnte es nicht erklären, aber er fühlte: Es war echter Schmerz, den sie vor den Mauern seiner Gesandtschaft hinterlassen hatten.

Die Tautropfen auf den Kieselsteinen spiegelten hie und da ein schwaches Glitzern wider. Ihm wurde warm ums Herz. Mitgefühl hat etwas Ergreifendes, war einer der schönsten Wesenszüge der Menschheit. Und es barg tiefen Trost. Er begann, sich leichter zu fühlen. Der harte Knoten in seiner Brust löste sich langsam. Jetzt erst machte sich Müdigkeit in seinem Körper breit und die Lider wurden ihm schwer.

Er wand sich ein letztes Mal der Stadt zu und sah sie wie ein hilfloses, kleines Tier im Schoße des Berges schlummern. Dann und wann hörte man Hundegebell. Es roch leicht nach Rauch.

Er warf der Stadt einen Gutenachtgruß zu und ging schlafen.

12
ADNAN BEY

An eben jenem Abend des 7. April hatte Adnan Bey Goricas Kutsche den Hof des amtierenden Premierministers Gafur Bey verlassen und fuhr an Fuad Herris Residenz vorbei. Über den neugebauten Türmen an den Ecken der Hofmauer reckten sich bedrohlich die Gestalten der strukanischen Wachen. Im Lichte der Fackeln funkelten ihre blankgeputzten Gewehrläufe. Adnan Bey lief es kalt über den Rücken. Zieh nur Türme hoch, solange du noch kannst!

Ein Stück weiter, als die Kutsche am Café Bristol vorbei rollte, drang schallendes Gelächter an sein Ohr, was Adnan Bey tief empörte. Bei Gafur Bey waren die Menschen voller Sorgen, während diese sich hier dem Vergnügen hingaben. Amüsiert euch nur, ihr Strolche, solange ihr noch könnt!

Seine Kutsche flog über die Straßen und hätte die Gendarmen der Patrouille, die müde dahin trottelten, beinahe überfahren. Sie hüpfte und schaukelte so heftig über das Kopfsteinpflaster, dass die vielen Kissen, mit denen sie gepolstert war, auch nicht halfen. Wenn man nicht aufpasste, konnte man sich den ein oder anderen Rippenbruch zuziehen. Und so was nannte sich Hauptstraße! Aber warum auch nicht, schließlich lebte man hier in der Hauptstadt!

Schimpfend und fluchend war er vor seinem Haus angekommen. Adnan Bey ließ sich von einem Diener aus der Kutsche helfen. Besorgt musterte er die Gartenmauer aus ungebrannten Lehmziegeln. Ein Tritt würde genügen, um sie zum Einsturz zu bringen. In ganz

Tirana ließ sich kein besseres Haus finden – mit Ausnahme des Alten Serails, in dem Fuad Herri sich einquartiert hatte. Wenn man wenigstens zwei Strukaner als Nachtwachen anheuern könnte. Diese Teufel aber waren unbezahlbar. Überhaupt war dieses gottverlassene Kaff namens Tirana der Fleck mit den höchsten Mieten und Preisen in ganz Europa.

Ein übler Tag lag hinter ihm. Adnan Bey betrat mit schleppenden Schritten das Kaminzimmer. Das Feuer loderte. Der schwarze Kammerdiener stand wartend an der Türschwelle. Adnan Bey wimmelte ihn schroff ab. Er hatte keinen Hunger und wollte niemanden mehr sehen. Er holte die Flasche Scotch vom Kaminsims und ließ sich auf den Polstern neben dem Feuer nieder.

Adnan Bey leerte ein volles Glas in einem Zug und hielt einen Augenblick inne. Dieser Scotch war ein Geschenk Gottes. Er ließ ihn den Tag vergessen, das baufällige Haus und die Strukaner um Fuad Herri.

Seine Gedanken führten ihn nach Pera, zum großen Herrenhaus am Bosporus. Es war die Zeit seiner Jugend, als er Recht studiert und das Istanbuler Leben genossen hatte. Das war ein Haus gewesen! Aber noch imposanter war das in der albanischen Heimat, wo er seine Kindheit verbracht hatte. Das Gutshaus der Goricas war so groß, dass die Schlösser anderer Adelsgeschlechter drei Mal hineingepasst hätten. Innen war es gediegen und gemütlich, mit Samt und Seide tapeziert, mit Persern ausgelegt, mit Diwanen ausstaffiert. Der Kaffee kam aus dem Jemen und wurde in edelstem Chinaporzellan serviert. Das ganze Tal, soweit das Auge reichte, mit dem sich anschließenden Wald und tausendfünfhundert Seelen, hundert Dienern und zwei Dutzend Mägden waren im Besitz der Goricas. Das große Hoftor blieb Tag und Nacht offen. Der Strom der Bittsteller, Ratsuchenden oder Durchreisenden, die von seinem Vater im Selamlik empfangen wurden, riss nie ab. Der Vater teilte Rat und Gefälligkeiten aus, während der kleine Adnan am liebsten auf seinem Schoß saß. Und wenn der Vater in die Stadt ging, nahm das Volk ehrerbietig die Filzkappen vom Kopf und verneigte sich bis zum Boden. Das waren Zeiten!

Dann, als die Familie nach Istanbul übergesiedelt war, hatte er eine Jeunesse dorée durchlebt, mit ganz anderen Freuden. Dieses Glück hatte noch einige Zeit gewährt: mit seiner Ernennung zum Kadi in Edirne, dann zum Konsul in Ioannina und schließlich zum Gesandten der Hohen Pforte in Belgien. Umso härter traf ihn das Schicksal später.

Es begann mit dem Sturz des Sultans und dem Ausbruch des Großen Krieges. Die Goricas hatten Istanbul überstürzt verlassen müssen, waren aber nicht nach Albanien zurückgekehrt. Albanien bot ihnen erst recht keine Zuflucht; es war gleichzeitig von sieben unterschiedlichen Armeen besetzt worden und von der Landkarte gänzlich verschwunden.

So hatten sie ihre Zelte in Italien aufgeschlagen. Dort hatte sich Adnan Bey wohl gefühlt, aber mit dem Krieg ging auch das Familiengold zur Neige. Als der Krieg vorbei war, überlegte man, was man tun, wohin man gehen sollte. Die Güter waren von der neuen Regierung der Türkei konfisziert worden – nur die in Albanien waren ihnen noch geblieben.

Nun gut, dann eben Albanien. Das Land war zwar klein und arm, aber dort verehrte man die Goricas wie Fürsten. Adnan Bey würde Minister werden und zur Sommerfrische nach Gorica reisen. Und so war er eines Morgens aufs Schiff gestiegen. Als er seinen Fuß auf albanischen Boden setzte, hatte er zwei Tränen für den Vater vergossen, der 1917 verstorben war, ohne das Land der Vorfahren jemals wieder gesehen zu haben.

Doch schon am zweiten Tag waren Wiedersehensfreude und Rührung verflogen, Abscheu und Entsetzen hatten ihn gepackt. Albanien war nicht mehr wiederzuerkennen. Der Krieg hatte klaffende Wunden geschlagen, ein Chaos von entsetzlicher Armut, Flüchtlingsmisere, spanischer Grippe, Typhus und Cholera machte sich breit. Er hatte schreckliche Angst vor Seuchen.

Die europäischen Armeen hatten lockere Sitten mit ins Land gebracht. Es wimmelte von Vereinen, Komitees und Föderationen. Ein paar lumpige Bäcker- und Krämersöhne, Possenreißer ohne richtigen

Schulabschluss, hatten sich zusammengetan und spielten sich auf als Liberale und Demokraten. Mit einem Heidenlärm beherrschten sie die politische Szene. Ehemalige Lehmhüttenbewohner warfen unablässig Schmutz auf die großen, verdienstvollen und angesehenen Häuser. Ihr Rädelsführer war der missratene Sohn eines Verwalters des Hauses Vithishta, den Mahmud Bey seinerzeit auf Schulen in Italien geschickt hatte. Wenn der wüsste, dass er damit sein eigenes Verderben genährt hatte, würde er sich im Grab umdrehen.

Der Schrecken nahm kein Ende. Als er nach Gorica kam und mit eigenen Augen das von den Griechen zerstörte Haus und den Hof sah, hatte er sich auf einen Stein gesetzt und unablässig geheult. Und den Vater hatte er um seinen frühen Tod beneidet, der ihm diesen grauenhaften Anblick erspart hatte.

Die Pächter hingegen wurden mit jedem Tag dreister. Sie missachteten den Statthalter der Goricas; sie vernachlässigten ihre Pflichten, verweigerten die Abgaben, und die Landflucht erregte mittlerweile überall große Besorgnis. Ständig hörte man von diesem oder jenem Gutsknecht, der zu den Demokraten gestoßen sei, oder von diesem oder jenem Hirten, der sich den Föderierten angeschlossen hatte. Was, zum Teufel, war los mit diesem Gesindel? Was hatte ihnen der Bey getan? Sein Vater war ein großer Gönner gewesen, halb Albanien rühmte seine Wohltaten! Adnan Bey konnte sich genau erinnern, wie unterwürfig dieses Pack seinerzeit um seine Gunst gebuhlt hatte.

Ach, Adnan Bey wusste genau, was ihnen fehlte. Sie hätten eine ordentliche Tracht Prügel verdient, damit sie zur Vernunft kämen. Doch von wem? Es war niemand mehr da, um es ihnen zu besorgen. Auf der anderen Seite zogen die Föderierten unermüdlich durch die Dörfer und Ortschaften und hetzten sie gegen ihre alten Herren auf.

Eines Tages hatten sie die Speicher des Hauses Zvirina geplündert. Als man die Missetäter fasste und ins Gefängnis werfen wollte, hatte sich ein Oppositionsabgeordneter als Anwalt schützend vor sie gestellt.

»Schluss mit dieser Aufwiegelei des Volkes«, hatte Adnan Bey im Parlament gefleht, »hört auf mit dieser Wühlarbeit, sonst wird bald ganz Albanien in Flammen aufgehen.«

»Was verstehst du schon von unserem Albanien, Adnan Bey?«, hatte Bischof Dorotheus ihn verhöhnt. »Mir scheint, du verwechselst Albanien mit deinem Gut. Doch die Zeiten, als ihr Beys Albanien wie euren Landbesitz verwaltet habt, sind vorbei. Begreift das endlich.«

Adnan Bey hatte mit einem Donnerwetter geantwortet: »Du stinkender Bauernstiefel aus Ibrik Tepe! Was fällt dir ein, mich herauszufordern! Mich, Adnan Bey Gorica, den Sohn von Rushan, Enkel von Sefer und Urenkel von Djafer, den ewigen Herren über das Tal und das Schloss von Gorica, verwandt mit Ali Pascha Tepelena und verschwägert mit sämtlichen Adelshäusern des Südens!«

Der Bischof und seine Schergen, allen voran diese Föderation, machten kein Hehl mehr daraus, dass sie alle Beys der Reihe nach aus dem Weg räumen wollten. Alles Übel käme von den Beys, kläfften sie landauf, landab.

Aber welches Übel? Nun gut, hie und da mochte es auch ein schwarzes Schaf gegeben haben, wie diesen Tunichtgut Lame Bey Driza, von dem man munkelte, dass er mit den Jungfrauen seines Gutes hundertzwanzig Bastarde gezeugt habe, den letzten noch im Alter von fünfundachtzig Jahren. Lame Bey, du Schlingel.

Doch Adnan Bey war nach Lachen und nach Weinen gleichermaßen zumute. Denn diese Schurken meinten es todernst. Hatten sie nicht Idajet Pascha mitten in Paris umgebracht? Diesen Baum von einem Mann, den Fürsten von Tirana. Ein Grandseigneur als Vaterlandsverräter beschimpft, von vagabundierenden, selbsternannten Vaterlandsrettern ausgelöscht. Zwerge stürzten einen Koloss! Was würde ohne die Beys aus Albanien werden? Ein Chaos, ein Bordell, ein Reich des Teufels! Dann würde man sich nach den Beys zurücksehnen, doch dann wäre es zu spät.

Als bekannt wurde, dass Gafur Bey vom ruhmreichen Hause der Bishtqethmi Fuad Herri die Tochter als Braut versprochen hatte, brach Panik in den großen Häusern aus. Armer Gafur Bey, an wen musste er seine Tochter weggeben. Armes Mädchen, es hieß, es sei bildschön. Welch schauriges Los. Als Braut eines Bergbauern aus Schwarz Struka!

Doch nicht einmal dieses schreckliche Opfer hatte Frieden gebracht.

Und nun hatte die Föderation versucht, Fuad Herri endgültig aus dem Weg zu räumen. Freilich, Adnan Bey hätte innerlich gejubelt, wenn sich Ackerbauern und Bergbauern gegenseitig die Köpfe eingeschlagen hätten, doch was würde dann aus ihnen, den Beys?

Adnan Bey füllte das Glas nach und schüttete es wieder in einem Zug hinunter. Seit dem Attentat auf Fuad Herri im Februar waren manche seiner Parteigänger so ängstlich geworden, dass sie sich erst nach Einbruch der Dunkelheit in sein Haus trauten.

Als man ihm gestern die Nachricht von dem Mord auf der Straße des Nordens überbracht hatte, da konnte Adnan Bey sich nur noch an den Kopf greifen. Zwei Amerikaner – mausetot – auf einer albanischen Straße!

Was zum Teufel hatten sie dort bloß verloren?

Diese Amerikaner konnte er nicht ausstehen, zeigten sie doch nicht den geringsten Respekt vor den großen Häusern. Sie kamen in sein Büro hereinspaziert und redeten mit ihm wie mit ihresgleichen. »Dies und das sind unsere Konditionen, und dies und das wollen wir von euch.« Ach nein! Ihr wollt das Öl? Und ihr wollt eure protzige Gesandtschaft mitten in Tirana errichten? Und was springt für uns dabei heraus? Schließlich sind wir hier die Hausherren, es ist unser Land, es ist unser Öl! Wovon sollten wir denn leben? Her mit den Dollarbatzen! Und bleibt uns mit euren Konditionen vom Leib! Adnan Bey wusste, dass die Amerikaner ihn ebenso wenig leiden konnten. Sie hofierten seinen Todfeind, den Bischof, der öffentlich erklärt hatte, dass er die Beys enteignen wolle, um die Pächter mit Land zu beschenken, wie in Russland. Gütiger Gott, halte deine gnädige Hand über uns.

Heute Mittag war er zum Gesandten Grant geeilt und hatte versucht, ihn mit allen Mitteln zu besänftigen. Doch Grant war kühl und abweisend geblieben und hatte sogar mit Bestrafung gedroht. Verfluchtes Bergvolk, das hatte jetzt noch gefehlt. Es gehörte ausgerottet wie Ungeziefer!

Adnan Bey fühlte sich zutiefst gedemütigt. Die Stunde gebot es, den aufgebrachten Amerikanern die Wahrheit über die Umstände des Mordes zu sagen. Doch er hatte von Fuad Herri einen Maulkorb verpasst bekommen. Mit keinem Geringerem als mit den Vereinigten Staaten von Amerika wollte er sich diesmal anlegen. Und wie jedesmal musste Adnan Bey, wohl oder übel, dessen Spiel mitspielen. Welche Wahl hatte er schon?

Erschöpft und vom Alkohol benebelt ließ er sich in die Polster sinken. Wie sollte es jetzt nur weitergehen? Nur ein Wunder konnte sie noch retten. Und Wunder konnte derzeit nur einer vollbringen: Benito Mussolini.

Dieser Mussolini machte zwar einen etwas spinnerten Eindruck, aber er schien die Beys zu schätzen. Er hatte Adnan Bey nach Rom eingeladen und ihn mit allen Ehren empfangen, so wie es einem Gorica gebührt. Zunächst war ihm nicht klar gewesen, was man von ihm wollte, bis man mit ihm Klartext sprach. »Stellt euch auf unsere Seite, damit wir uns auf eure Seite stellen können, Adnan Bey!«

Mussolini – Gott ebne ihm den Weg – hatte die begnadete Idee gehabt, Albanien unter seine Obhut zu nehmen, und zwar so wie es nun einmal war, mitsamt den Beys. Als Adnan Bey bewusst geworden war, welch Glück ihm damit widerfuhr, geriet er schier aus dem Häuschen. Rettung war nahe. Welch genialer Kopf, dieser Mussolini! Willst du das Öl? Bitte, bedien dich! Willst du die Häfen? Hier, nimm doch! Willst du die Straßen? Dein sollen sie sein! Alles hast du verdient! Da fiel ein Italiener vom Himmel, um die großen Häuser Albaniens vor der mörderischen Hetze eines Dorotheus' und der todbringenden Gier eines Fuad Herris zu retten! Und erlöste Adnan Bey damit von allen Qualen.

Als erstes würde man dieses Pack um den Bischof herum niederwalzen, dann würde man Fuad Herri wie einen räudigen Hund von dannen jagen, und die schwarze Hochzeit des schamlosen Bergbauern mit der Tochter des größten Beys von Albanien würde niemals stattfinden.

Gott schickte ihnen den Italiener als würdigen Nachfolger des osmanischen Sultans. Adnan Bey stieß einen langen Seufzer aus. Wie in alten Zeiten. Gepriesen seist du, Benito, du Licht, du Stern, du Padischah! Ja doch, kein geringerer als Padischah!

Adnan Bey nickte ein. Der Alkohol war ihm zu Kopf gestiegen. Er zog den Flokati über die Beine und schloss die Augen. Er wünschte sich einen kleinen süßen Traum: Das Gutsschloss von Gorica bevölkert mit Italienern, die er als Hausherr aufs Beste zu unterhalten wusste.

Und plötzlich befand er sich in Gorica – als Bräutigam –, es war seine Hochzeit. Draußen spielte die Musik. Adnan, den Bräutigam, führte man zur Braut. Diese war von Kopf bis Fuß mit einem roten Schleier bedeckt. Adnan hob den Schleier, er blickte in das Gesicht – aber was war das –, es war der Abgeordnete von Sevranj, der Fraktionsvorsitzende der Opposition! Polternd stapfte Adnan zum Vater, der ruhig beim Feuer saß und mit der Zange in der glühenden Kohle herumstocherte. Vater, wie konntest du mich mit dem Bauern von Sevranj verheiraten? Der Alte schwieg. Vater, ich weiß, dass du tot bist, doch wie konntest du mir das antun? Der hat schwarze Fingernägel und faulige Zähne! Der Vater brach endlich das Schweigen: Das war nicht ich, Sohn, sie waren es. Mit der Zange zeigte er in Richtung der Amerikaner, die munter im Garten den Hammel am Spieß drehten. Adnan Bey eilte zu ihnen, doch Französisch zu sprechen fiel ihm nicht gerade leicht, und er herrschte sie auf Türkisch an: Warum wolltet ihr mich nicht? Was hat euch denn an diesem Bauernvolk so gefallen? Am Ende des Tals hörte man die Pauken dröhnen. Aus dem Nebel tauchten die Bauern mit Mistgabeln auf. Das Tal verengte sich rasch zu einem schmalen Felsspalt. Aber er konnte nicht wegrennen, weil sein Fuß in einer Spalte eingeklemmt war.

Adnan Bey fuhr aus dem Schlaf. Er schaute auf die erkaltende Asche, dann auf das Porträt des Vaters an der Wand. Dieser blickte teilnahmslos, fast spöttisch zu ihm hinab. Er kam langsam wieder zu sich, jetzt wurde der Schmerz unerträglich. Er öffnete mit den Zähnen den Verschluss der Scotchflasche und trank in großen Schlucken. Oh, ich Ärmster. Gott, wie schwer muss ich gesündigt haben, dass du mich so grausam bestrafst?

13
DER KANUN WIRD BESCHWOREN

Im Café Bristol war die Unterhaltung außer Rand und Band geraten. Keno Efendi hatte über Schmerzen im Kreuz geklagt und war nach Hause gegangen.

»Habt ihr jemals mit angesehen, wie fünfzig Männer auf einmal ausgepeitscht werden?«, lallte der Reporter der Hauptstadt Heute vor sich hin. »Die Peitschen knallen zum Himmel, dann fünfzigfaches Wehgeschrei. Das Laub zittert an den Ästen und die Vögel fliegen in Scharen davon. Gott guckt von oben herab und schüttelt den Kopf. Unsere Gendarmerie marschiert glorreich über die Straße des Nordens. Das ist eine Nachricht, die Journalistenherzen höher schlagen lässt! Doch Geduld! Erst übermorgen!«, mahnte er sich selbst mit Stirnrunzeln und erhobenem Zeigefinger.

»Träum weiter, mein Freund! Die haben die Zensur wieder eingeführt.«

»Was gerade geschieht, ist großes Unrecht, eine schwere Sünde«, ließ sich ein todtrauriger Pater Serafin vernehmen. »Das Bergland hat noch immer seine Ordnung selbst gehütet.«

»Euer Kanun siecht derzeit aber ziemlich dahin. Auf der Straße des Nordens tummeln sich die Banditen. Wer es sich leisten kann, nimmt das Boot nach Shkodra.«

»Der Kanun siegt!«, rief der vor Empörung blau angelaufene Pater. »Der Kanun, das heißt: Die Straße bleibt immer offen, Tag und Nacht, für Mensch und Vieh.« Er senkte die Stimme und brummelte weiter vor sich hin: »Niemand darf irgendjemand aufhalten und fragen, woher und wohin des Weges. Passiert ein Überfall, dann muss das nächstgelegene Dorf die Untat vergelten und seine Ehre reinwaschen, sonst hat es sich vor dem Prinzen von Orosh zu verantworten. Und wenn dieser nicht zur Stelle ist, vor dem Wesir von Shkodra.«

»Aber den Wesir von Shkodra gibt es lange nicht mehr«, unterbrach ihn ein anderer. »Wir haben doch jetzt die Unabhängigkeit. Die Türken sind raus aus dem Land. Habt ihr das da drüben in den Bergen nicht mitbekommen? Die Wesire sitzen jetzt alle in Tirana.«

»Auf dem Dorfplatz versammelt sich der Rat der Greise und leistet den Eid. Dann beruft er das Gericht, das nach den Tätern fahndet«, der Pater blieb unbeeindruckt.

»Wie können wir ein paar hinfälligen Greisen die Entscheidungen in derart wichtigen Angelegenheiten überlassen? Diesen absonderlichen Kerlen, die keinen Staat und keine Straßen wollen. Die seit tausenden Jahren in ihren blödsinnigen Bergen ausharren, allein mit ihren über alles geliebten Waffen. Und, ach ja, mit der Laute, denn die Heldentaten wollen ja besungen werden!«

»Das Bergland will doch nur seine Ruhe«, gab sich Pater Serafin fast geschlagen.

»Aber die Hilfen und die Lebensmittel, die nimmt dein Bergland doch gerne an!«

Der Pater schwieg.

»Das Bergvolk ist bloß der Sündenbock, glaubt mir«, mischte sich der Journalist von Amerikas Albaner ein. »Der Ausnahmezustand, die Zensur der Presse, die Sondergerichte: Das sind alles Mittel zur Verfolgung der Opposition. Im Kanonendonner gehen die Gewehrsalven unter; das Kriegsrecht öffnet der Willkür Tür und Tor – Durchsuchungen ohne Befehl, Bestrafungen ohne Prozess. Ganz nach dem teuflischen Plan unseres Premiers.«

»Gafur Bey? Dieser behäbige Opa? Niemals!«

»Nein, nicht diese Marionette, der echte, der, der die Strippen zieht, dieser Satan, Fuad Herri.«

»Pssst!«, sprang der Wirt besorgt auf.

»Europa hat gesagt: Ihr müsst in eurem Land unbedingt für Ruhe sorgen; wenn ihr das nicht hinbekommt, übernehmen wir«, sagte ein Redakteur der Zeitung Kreshnik, der Neffe eines Vizeministers, der sich bis dahin rausgehalten hatte. »Unsere Regierung bemüht sich nach Kräften um Ordnung. Dorotheus und die Föderation, die sind es, die Anarchie schüren.«

»Keine Namen!«, rief der Wirt erbost.

»Aber Demi, wir haben doch Redefreiheit, vergessen?«

»Wir haben auch Ausnahmezustand, vergessen? Oder wollt ihr, dass die mir das Lokal dicht machen?«

»Maazallah! Gott bewahre«, ertönte es von mehreren Tischen gleichzeitig.

Der Journalist von Amerikas Albaner wand sich dem blassen jungen Mann vom Tisch der Dibraner zu: »Ich bin auf explosiven Stoff gestoßen. Werde einen Artikel schreiben: Die Habgier des Djavid Bey. Der ist Direktor im Kriegs- und Innenministerium und war mit der Aufgabe betraut, die Armee neu einzukleiden. Dafür stellte man ihm zwanzigtausend Goldfranken zur Verfügung. Acht Monate lang trödelte er durch Europa und kam schließlich mit einer Ladung Mist zurück. Die Hosennähte platzen beim Hocken und die Schuhe fallen nach einer Woche auseinander. Jetzt wird unter Soldaten ein Lied gesungen: Die Füße nackt, der Hintern bloß / Ertrag' Soldat dein bitter Los.«

»Oha«, der junge Mann richtete sich auf: »Kommt das Lied auch rein?«

»Unbedingt. Djavid Bey wird richtig Ärger bekommen, für jeden einzelnen Franken, den er unterschlagen hat.«

»Und was ist mit der Zensur?«

»Die Zeiten, als albanische Demokraten verfolgt wurden, sind vorbei. Wir sind hier nicht mehr im Türkenreich.«

»Gebe Gott, dass du recht behältst.«

Demi, der Wirt, seufzte, aber insgeheim freute er sich gewaltig. Seit der Unabhängigkeit brodelte im Bristol das Leben – von den siebzehn Zeitungen Tiranas wurden vier oder fünf in seinem Lokal gemacht.

Hier gab es hohe Politik, aktuelle Themen, brandgefährliche Meinungen, wie sonst nur in den privaten Salons und Kaminzimmern der großen Häuser. Und doch musste man vorsichtig sein. Überall wimmelte es von Spitzeln. Gott behüte, dass man ihm die Lizenz entzog. Wie so oft schloss er die Augen und sog den köstlichen Tabakqualm tief in die Lungen ein.

»Die Straße folgt ihrem ehernen Recht«, brummelte Pater Serafin. »Der Heimische hat den Fremden vorzulassen, die Frau den Mann, der Jüngere den Älteren, der Mensch das Vieh, der Pilger den Hochzeits- und Beerdigungszug, der Einzelne...«

»Sag mal Pater, wie hältst du es denn mit deiner Bibel?«

»... Die Berge haben Augen und Ohren. Kein Übeltäter ist dem Kanun je entkommen...«

»Der Bischof spricht siebenundzwanzig Sprachen. Er ist der gelehrteste Albaner der Welt.«

»Diese Gelehrten sind doch alle nur komisch. Ich habe gehört, dass während der Parteiversammlung immer ein Augenblick kommt, da rollt er mit den Augen und ohne ein Wort zu sagen steht er auf und geht Ob... Obolus spielen.«

»Oboe heißt das, du Depp.«

»Verstehe nicht, was Dod eingefallen ist, mit zwei Amerikanern an Bord die Straße des Nordens hinaufzufahren.«

»Und Cen? Was ist ihm eingefallen, das Automobil dafür auszuleihen?«

»Ich frage mich, was es mit diesem Jungen auf sich hat, diesem Nini Komneni, der die Amerikaner hergeschleppt hat. Was steckt bloß dahinter?«

»Wo bleibt der überhaupt? Warum belangt den denn niemand?«

»Ich habe heute vergeblich nach ihm gesucht. Er ist wie vom Erdboden verschluckt.«

14
EIN HELDENTRAUM

Nini Komneni, den man in Tirana fieberhaft suchte, befand sich an jenem Montagabend in Durrës. Er war von einem einzigen, brennenden Wunsch besessen – das Land so schnell wie möglich wieder zu verlassen –, bereits im Morgengrauen war er in die Hafenstadt geflohen. Den ganzen Tag schon versteckte er sich an einem einsamen Strand in der Nähe des Hafens. Dort wimmelte es nur so von Gendarmen und Beamten, dort traute er sich nicht hin. Den Blick starr auf das ruhig daliegende Wasser in der Durrës-Bucht gerichtet, wartete er auf ein Schiff, das ihn wegbringen könnte. Doch keines war gekommen, noch nicht einmal ein Fischerboot oder ein Floß oder irgendetwas, das nur schwimmen konnte. Nichts war aus dem blauen Dunst über dem Horizont aufgetaucht, außer den Möwen mit ihrem nervenden, schrillen Gekreische – den ganzen Tag über.

Nun dämmerte es. Die Linie zwischen Himmel und Meer verwischte allmählich. Nini Komneni rieb sich die Augen.

Vor zwei Tagen, als er hier angekommen war, tobten in ihm die widersprüchlichsten Gefühle; Sehnsucht und Hoffnung vermischten sich mit Schmerz und traumatischen Erinnerungen an seine Flucht aus Albanien vor zehn Jahren. Die Bilder des Schreckens waren mit einem Schlag wieder so lebendig geworden, als wären sie erst gestern entstanden: Ein Hafen voller Kriegsflüchtlinge, die zwischen Kleiderbündeln und weinenden Kindern auf ein rettendes Schiff warteten. Feindliche Soldaten waren hinter ihnen her, sie flohen vor den Gräueltaten. Und heute fühlte er sich wieder genauso wie damals: eingesperrt, bedroht, ohnmächtig.

Dass Nini Komneni nach zehn Jahren im amerikanischen Exil nach Albanien zurückgekehrt war, das war nicht seine, sondern Bischof Dorotheus' Idee gewesen, seines Mentors und väterlichen Freundes aus alten Bostoner Tagen. Vor drei Wochen, es war Mitte März gewesen, hatte er das Schiff bestiegen, das ihn von Amerika in die albanische Heimat zurückbringen sollte.

Eines Morgens, anmutiges Licht brachte die weißen Tischdecken des Frühstückssaals zum Leuchten, war ihm ein Buch aufgefallen, das einer der Passagiere gerade las: »Die dalmatinische Küste. Ein Reiseführer«. Obwohl er sonst eher schüchtern war, hatte er ihn angesprochen: »Sie wollen nach Dalmatien? Auf dem Weg dorthin liegt mein Land: Albanien.«

Als Nini Albanien verlassen hatte, im Frühsommer 1914, kurz vor Ausbruch des Großen Krieges, war er noch ein Kind. Seine Vaterstadt Korça war gerade von den Griechen besetzt worden. Die Andarten hatten schon am ersten Tag ein Massaker angerichtet. Seine ganze Familie, er, die Mutter, seine Schwestern und die Familie des Onkels, waren über Vlora geflüchtet – nach Neapel, und von dort nach Amerika, wohin sein Vater und dessen Bruder ein paar Jahre zuvor ausgewandert waren.

Die dramatischen Erinnerungen an diese Zeit verfolgten ihn immer wieder. Nur mit Mühe konnte er die Bilder bisweilen verdrängen; von seinem Nachbarn, wie er auf der Straße lag, den Kopf auf der Türschwelle seines Hauses wie auf ein Kissen gebettet; oder von den Rinnen des Bordsteins, in denen der rote Strom anschwoll, als am nächsten Morgen, dem Morgen ihrer Flucht aus Korça, ein Regenschauer das Blut des Gemetzels vom Kopfsteinpflaster gespült hatte.

Und jetzt fragte ihn dieser arglose Amerikaner, was es denn in Albanien Schönes zu entdecken gebe. Eine ähnliche Frage hatte er Dorotheus gestellt, der ihn seit längerer Zeit mit drängenden Briefen zur Heimkehr zu bewegen versuchte: Warum sollte er dorthin zurück? Was gebe es dort für ihn zu tun? Was hätte Albanien ihm zu bieten?

»Es ist nicht mehr das Albanien, aus dem du geflohen bist«, hatte der geantwortet. »Es ist unabhängig, dem Würgegriff der Fremdherrschaft für immer entronnen. Es erwartet von seinen über die ganze Welt versprengten Söhnen, dass sie zurückkommen, um ihr Land aufzubauen.«

Seine Bindung an Dorotheus hatte tiefe Wurzeln. Schwer traumatisiert, wie sie bei ihrer Ankunft in Amerika waren, hatten sie ihren ersten Besuch in der kleinen Kirche der Albaner in Boston gemacht. Den ersten Trost hatten sie bei Dorotheus und seinen Predigten gefunden: Gottes Zorn währt einen Augenblick, lebenslang seine Gnade.

Dorotheus hatte einen enormen Einfluss auf die Gemeinde, wurde wie ein Prophet verehrt. Mit Nini, bei dem er ein herausragendes literarisches Talent erkannt hatte, verband ihn eine besonders innige Freundschaft.

Seiner Heimat Albanien galt Dorotheus' uneingeschränkte Liebe. Unermüdlich arbeitete er gegen Vergessen und Gleichgültigkeit unter den Exilanten. Die Messen wurden auf Albanisch gefeiert, ein Gemeindeblatt in albanischer Sprache herausgegeben, Erinnerungen und Traditionen gepflegt, Hilfen für die Befreiungskämpfer in Albanien gesammelt, Petitionen an die Friedenskonferenz geschickt, die junge Generation in patriotischem Geiste erzogen.

Mit der ihm eigenen Konsequenz und Unbedingtheit war Dorotheus gleich nach dem Krieg nach Albanien zurückgekehrt. Er war Bischof geworden und hatte sich sofort politisch engagiert.

Und dann kam dieser Brief mit dem Satz, den Nini am meisten fürchtete, weil er so erschütternd wahr klang: »Du musst dich unserer Sprache widmen, die alte Volkskunst erwartet dich, sie muss gesammelt und aufgeschrieben werden, bevor sie verloren geht. Es spricht für dich, wenn du dich Amerika verpflichtet fühlst, doch bedenke, dass dieses Land dich nicht braucht. Es hat seine eigenen Söhne. Es ist groß und mächtig. Aber dein Vaterland, das unglücklich und geschunden ist, schreit nach dir.«

Nun war Nini nach langem Zögern und Zweifeln dem Ruf gefolgt. Noch wusste er nicht, was ihn erwartete.

»Sie werden dort keine herrschaftliche Architektur vorfinden oder große technische Errungenschaften«, hatte er etwas verlegen die Frage des Fremden beantwortet. »Die letzten Jahrhunderte war mein Land zu einer weit abgelegenen Provinz eines vorderasiatischen Großreichs geworden, das zum Schluss dahinsiechte. Doch die Sprache, die mein Volk spricht, ist mehrere tausend Jahre alt, ein wahrer Schatz.«

Der junge Amerikaner, der sich als Dan Marvin vorstellte, hatte ihn aufmerksam gemustert. »Da ich von Sprachen nichts verstehe«, sagte er, »erzählen Sie mir von den Menschen.« Da hatte er zum ersten Mal sein gewinnendes Lächeln gezeigt. Er gehörte zu den Menschen, die man gern um sich hat, immer höflich und ausgeglichen. Noch angenehmer wurde die Runde, wenn sein Reisegefährte, der fröhliche DeBurgh, sich zu ihnen gesellte. Er kam aus einer Politikerfamilie, und so war es nicht verwunderlich, dass er sich besonders für Politik interessierte.

Die drei gingen an Deck auf und ab, sprachen über Albanien, über seine schwierige Geschichte, sein hartes Los und die Gefahren, die ihm immer noch drohten.

Je weiter sich Nini Komneni von Amerika entfernte, desto deutlicher wurden ihm dessen gewaltige Ausmaße, und im selben Maße wuchsen Bewunderung und Dankbarkeit für das große Land. In Boston wäre ihm die Bekanntschaft der beiden jungen Männer als nichts Besonderes erschienen, er war sogar sicher, dass er gar nicht danach gesucht hätte. Doch jetzt wurde sie ihm immer wertvoller.

»Du hast mich gefragt, wie denn die Albaner so seien«, sagte er zu Dan Marvin, als Gibraltar nicht mehr weit vor ihnen lag. »Nun, wenn die Sprache zu herausragenden Werken fähig ist, so auch die Menschen, die sie sprechen. Wie könntet ihr an seinen Ufern vorbeifahren, ohne dieses Land sehen zu wollen? Wollt ihr nicht erleben, wie ein Volk aus jahrhundertelangem Schlaf erwacht, also gewissermaßen von den Toten aufersteht?«

Dan Marvin hatte gelacht. »Gut, gut, überredet. Ich glaube, wir werden in Albanien Station machen. Was meinst du, Greg?«

Nini war glücklich, mit seinen beiden neuen Freunden ein Stück

Amerika mit nach Albanien nehmen zu können. So als würden sie ihn vor Bösem schützen, wie ein Glücksbringer, ein Talisman.

Im Hafen von Korfu hatten sie den Dampfer verlassen, um das kleine Linienschiff nach Durrës zu nehmen. Immer öfter stiegen Ängste in ihm hoch, seit Nächten schon verwandelte die Erinnerung an den Kopf des toten Nachbarn in der Blutlache jeden Traum in einen Albtraum.

In der letzten Nacht vor ihrer Ankunft in Durrës hatte er seine Fassung wiedergefunden. Als er die Bucht erblickte, die schmiegsame Linie der Hügel, die die Stadt krönten, meldete sich das erste heftige Herzklopfen. Dann, als er den Fuß an Land setzte, durchströmte ihn ein seltsam warmes Heimatgefühl. Durrës ähnelte Korça. Er sah die Stadt zum ersten Mal; während seiner Kindheit war er nie so weit nach Norden gereist.

Im fleischigen Gesicht des Zollbeamten glaubte er leichtgläubigen, tiefen Respekt entdeckt zu haben, als er mit den zwei jungen, eleganten Amerikanern vom Dampfer stieg und lässig nach dem Sitz der Metropolie fragte, wo Dorotheus, dem sie von Korfu aus ein Telegramm geschickt hatten, auf sie wartete.

»Gleich da drüben«, hatte der Beamte voller Verehrung gestammelt.

Nini kannte diesen Effekt nur zu gut.

»Was für ein stattlicher junger Mann du geworden bist«, hatte Dorotheus bei der Begrüßung gerufen.

Nun saßen sie zu viert am Tisch und tranken Tee. Als Nini diese vertraute, beeindruckende Stimme wieder hörte und dieses makellose, bombastische Englisch, das seine amerikanischen Gefährten sprachlos machte, hüpfte ihm das Herz vor Stolz und Bewunderung.

Wenig später fuhren er und seine beiden Freunde in dem einzigen Taxi der Stadt nach Tirana. Nini wollte mit ihnen die neue Hauptstadt erkunden. Am nächsten Morgen würden sich dann ihre Wege trennen. Die zwei Amerikaner würden weiter nach Norden reisen, während Nini zurück nach Durrës zu Dorotheus wollte, um mit ihm zwei Tage zu verbringen, ehe er in den Süden, in seine Vaterstadt Korça, fahren würde.

Die Tour auf der staubigen und mit Schlaglöchern übersäten Straße hatten sie mit Humor überstanden. Am frühen Nachmittag waren sie in Tirana angekommen. Sie stiegen im Hotel International ab und brachen gleich nach einer kleinen Erfrischung zu einem Stadtbummel auf. Eins nach dem anderen hatten sie die offiziellen Gebäude aufgesucht, angefangen beim Parlament – einem zweistöckigen Haus inmitten eines Gemüsegartens, dann die Ministerien. In einem Winkel des Basars stießen sie auf ein Blechschild: Cen Kaceli / Car for Rent.

»Habe ich euch nicht gesagt, dass der Fortschritt in meinem Land schon angekommen ist?« Sie hatten herzlich gelacht und sofort beschlossen, genau bei diesem Cen Kaceli ein Auto für die Weiterreise zu mieten.

Am Abend, im Restaurant des International, während des Diners mit dem Sekretär der amerikanischen Gesandtschaft, der sie freundlicherweise eingeladen hatte, war Nini mehr mit den Unterhaltungen an den Nachbartischen beschäftigt. Die Gäste wie die Kellner erzählten alles Mögliche, Alltägliches wie Raffiniertes, und alles auf Albanisch! Albanisch war für ihn sonst die Sprache der Literatur, der Gedanken, der Erinnerungen, vor allem seitdem er auf dem Campus wohnte und seine Eltern nur noch während der Ferien besucht hatte. Doch hier war es lebendig: Eine ganze Stadt sprach Albanisch, ob auf dem Basar, auf den Ämtern, in der Moschee, in der Kirche oder in den Kaffeehäusern.

Am nächsten Morgen war er dann mit den beiden Amerikanern zusammen zum Autoverleih gegangen. Sie hatten Abschied voneinander genommen, und sich fest verabredet, sich wiederzusehen, sobald sie wieder alle in Amerika seien.

Danach war er ins Hotel zurückgelaufen und erschöpft ins Bett gesunken. Irgendwann am Nachmittag weckten ihn laute Stimmen, die von der Straße in sein Zimmer drangen. Verschlafen war er hinuntergegangen und hatte die Diener, die hektisch hin und her liefen, gefragt, was denn passiert sei?

Das, was sie ihm erzählten, konnte er zunächst nicht begreifen. »Was sagt ihr da, ein Unfall?«

»Nein, viel schlimmer! Ein Überfall! Sie sind im Krankenhaus«, stammelte jemand völlig atemlos.

Mit zerzaustem Haar, war Nini auf die Straße gerannt. Schließlich fand er zum Krankenhaus. Er hatte sich durch das Menschengewühl gekämpft, doch an der Tür wurde er von einem bewaffneten Gendarmen festgehalten: »Ich habe Befehl, niemanden durchzulassen, verstehen Sie denn kein Albanisch?«, hatte dieser ihn angebrüllt, als Nini versuchte, an ihm vorbei ins Haus zu kommen.

»Es sind meine Freunde«, hatte Nini ihn angefleht, »ich habe sie nach Tirana gebracht.« Doch der Gendarm schubste ihn von sich, so dass er vor den Augen der gaffenden Menge zu Boden stürzte.

Er hatte sich aufgerappelt und war davon gerannt. An der amerikanischen Botschaft hatte sich die Menschenmenge dermaßen verdichtet, dass an ein Durchkommen nicht zu denken war. Mehrmals schnappte er die Worte »tot« und »erschossen« auf. Er wollte zum Leichenschauhaus, man erklärte ihm aber, dass dieses sich auf dem Gelände des Krankenhauses befand. Und dort waren die Gendarmen.

Schließlich kehrte er ins Hotel zurück, ließ sich im Foyer auf einen Sessel sinken und vergrub den Kopf in seinen Händen. Sie sind tot, murmelte er vor sich hin.

Die Leute gingen ein und aus, niemand nahm Notiz von ihm.

Doch plötzlich änderte sich alles. Draußen schwoll der Lärm der Menschenmenge an. Panik befiel ihn und er schloss sich in sein Zimmer ein. Ein einziger Gedanke durchzuckte sein Hirn: Weg von hier. Nur weg. Aber wie? Mit dem Schlimmsten rechnend wartete er auf den Morgen. Der Platz vor dem Hotel hatte sich in der Nacht nach und nach wieder geleert. Im Morgengrauen hatte er sich unbemerkt aus dem Hotel schleichen können. Er hatte einen Taxifahrer, der in seinem Wagen am Tor des Schwarzen Raben schlief, geweckt und sich nach Durrës fahren lassen.

Den ganzen Tag hatte er auf ein rettendes Schiff gewartet, inzwischen war es Nacht geworden.

Die Stadt hinter der mittelalterlichen Mauer mit den milchfarbenen, runden Türmen war still. Man sah die weißen Häuser zwischen

Weinreben und Blumenrabatten auf dem weichen Hügelhang. Auf den glatten Steinen der Straßen spiegelte sich der Mond.

»Was habe ich Narr hier nur gesucht? Warum bin ich nicht dort geblieben, wo die Menschen friedlich miteinander leben?« Ein feiner Duft umschmeichelte seine Nase. Nini hielt inne. Die Stadt schickte ihm einen Gruß, einen Wohlgeruch aus alten Zeiten. Blüht das Geißblatt schon? April, richtig, es war Anfang April. Moment mal, ist es nicht zu früh? Plötzlich sah er sich in das Korça seiner Kindheit versetzt, wie er im Garten des Nachbarn mit dessen Kindern spielte...

Nicht doch, zuckte er zusammen. Es ist nicht zu früh. Es ist zu spät! Es ist zu spät, für dich, Durrës, Korça, oder was immer du bist, um mich wieder zu verführen. Ihr habt mich schon verraten. Dabei wäre es so leicht gewesen, mir diesen kleinen Traum von Heimatsehnsucht zu lassen. Das war doch alles, worum ich euch bat. Meine amerikanischen Freunde! Es gibt keine Hoffnung! Ich lief Dorotheus hinterher, diesem Wahnsinnigen, der versucht, aus diesem wüsten Land ein zivilisiertes Land zu machen, aus diesem undankbaren, diesem mörderischen Land! Sie haben euch erschossen und kaltblütig liegen lassen. Wo finde ich euch, um euch um Verzeihung zu bitten?

Über der Kuppel der metropolitischen Kirche war das schwarze Kreuz im Mondschein zu erkennen. Nini schlich sich zum Tor, dort fiel er auf die Knie und bekreuzigte sich: »Jesus und Maria! Steht mir bei!«

Er begann, an das Tor zu klopfen, doch bald sah er ein, dass sein schwaches Klopfen kaum zu hören war. Er stand auf und hämmerte nun mit beiden Fäusten gegen die riesigen Flügeltüren.

Was war das? Einige feine Töne wehten zu ihm herüber. Er blieb still, verlor sie aber gleich wieder. Er legte das Ohr an das feuchtkalte Holz. Von da kam nichts. Er entfernte sich ein paar Schritte, jetzt vernahm er die Klänge etwas deutlicher. Durch einen Fensterspalt fielen schmale Lichtstrahlen.

Das war doch eine Geige – die Geige von Dorotheus!

Er macht Musik, durchfuhr es Nini. Empfand er denn keine Trauer? Er hatte sie gekannt, erst vorgestern hatten sie zusammen mit ihm an einem Tisch gesessen. Nini blickte um sich. Weit und breit war keine Menschenseele in der Gasse zu sehen. Wieder ging sein Blick nach oben, zu den Fenstern hinauf. Wieder hörte er Musik. Nein, sagte er sich, nein, es kann nicht sein. Er weiß nicht, was passiert ist.

Also musste er es ihm eiligst sagen. Nini klopfte heftig, er klopfte und klopfte, ohne zu merken, dass seine Knöchel aufplatzten und bluteten. Irgendwann ertastete er auf dem Holz einen kalten Gegenstand. Der eiserne Türklopfer. Er schleuderte ihn gegen das schwere Tor.

Endlich öffnete es sich, und Dorotheus erschien mit einer Laterne in der Hand, seine Augen lagen in dunklen Höhlen: »Nini? Kyrie eleison.«

Nini konnte sich nicht mehr halten. Dorotheus fing ihn gerade noch rechtzeitig auf.

»Wo bist du gewesen? Man sucht dich schon den ganzen Tag. Weißt du, dass Ausgangssperre ist?«

»Sie sind umgebracht worden«, stammelte Nini. »Dan Marvin und Greg DeBurgh sind tot.«

Dorotheus drückte ihn an seine Brust.

»Sie sind tot«, wiederholte Nini.

»Ja, ich weiss.« Dorotheus legte den Arm um Ninis Schultern. »Du bist eiskalt. Lass uns nach oben gehen. Gott sei Dank haben dich die Gendarmen nicht erwischt, du hättest die ganze Nacht in der Zelle verbringen müssen.«

Mühsam schleppten sie sich die enge Wendeltreppe hoch.

Dorotheus legte ihn aufs Bett und zog ihm die sandigen Schuhe aus. Dann kochte er auf der Öllampe Wasser für einen Tee.

»Ich habe schon den ganzen Tag auf dich gewartet«, sagte er und reichte ihm vorsichtig die dampfende Schale.

»Ich habe sie getötet«, schluchzte Nini, »ich allein.«

»Sei still«, sagte Dorotheus. »Trink den Tee.«

»Wird Gott mir vergeben?« Seine Stimme erlosch.

Als er wieder zur Besinnung kam, sah er über sich Dorotheus' Bart.

»Endlich«, flüsterte der. »Armer Junge, der Tod läuft dir schon wieder über den Weg.«

Der Bischof blieb eine ganze Weile still.

»Der Tod kam wieder, diesmal vielleicht noch erbarmungsloser. Er lauert an jeder Ecke. Es ist ihm gleichgültig, ob man jung ist oder alt, gut oder böse, klug oder dumm. Er ist unlogisch und ungnädig, ja, vollkommen blind.«

Nini blickte ihn mit aufgerissenen Augen an.

»Sieh mich nicht so an. Ich weiß, es gibt für dich keinen Trost. Aber ich muss dich retten! Ich muss es heute noch tun. Denn es gibt immer einen Ausweg, es gibt immer ein Licht, selbst dort, wo die Finsternis alles zu verschlingen droht.«

Er stand auf und nahm seine Pfeife in die Hand. Die bekannten Rituale vollführte er langsam und ruhig: den Tabak ausklopfen, frischen Tabak einfüllen, dann mit einem Stück glühender Kohle aus dem Kamin anzünden und den ersten Zug genießen.

Seine Worte waren sorgsam eingewoben in die Rauchringe, die er ausstieß.

»Deine Großmutter, hat sie dir die Heldensagen erzählt?«

»Die Sagen?«

»Ja, die Sagen, die Märchen, die Epen. Sie sind unser ehrlichster Teil, das Reich unserer heimlichen Träume. Hast du dich jemals gefragt, warum die Märchen voller Heldentaten sind?«

Nini wischte sich die Augen. Schemenhaft nahm er einen schweren Eichentisch mit einer Geige und den Notenblättern darauf wahr.

»Nini? Hörst du mich? Der Große Tag ist da. Wir haben ihn herbeigesehnt.«

»Welcher Tag?«, fragte Nini.

»Der Tag der Helden.«

»Niemand ist weniger Held als ich.«

»Wie glaubst du denn, sind Helden? Glaubst du, sie seien die mutigsten unter uns? Nein, sie sind vielleicht diejenigen, die den Tod am meisten fürchten. Du fühlst dich nicht wie ein Held und willst fliehen, weit weg, so weit weg, wo du glaubst, dass du vor dem Tod sicher bist. Doch deine wahre Rettung liegt hier. Deine Rettung ist Albanien und sein Durst nach Helden. Das wirst du noch begreifen, mein Junge.«

Nini schwieg.

»Weißt du, die Begriffe Leben oder Tod haben keine wirkliche Bedeutung. Ob wir lebendig oder tot sind, wir alle bleiben Erdbewohner, manche über, manche unter Tage, verstehst du? Wir alle kommen und gehen und kommen wieder. Tief drinnen wissen die Menschen das, deshalb haben sie die Unsterblichkeit erfunden.«

Ich befinde mich bereits im Traum oder in einem Märchen, kam es Nini in den Sinn. Ein Märchen wie der Kehrreim seines Lebens; mit einer Kirche, die nach Weihrauch und nassen Steinen roch. Mit einem abermaligen Todesfall und einer Geige. Und mit einem verrückten Priester.

Dorotheus' Tonfall änderte sich, Behutsamkeit und Rücksichtnahme schwanden, er sprach immer hektischer und fordernder: »Nini, mein Sohn, Albanien stellt dich auf die Probe: Es konfrontiert dich mit Gewalt und Tod. Doch nur dieses Land hat auch die Gabe, dich vor dem Tod zu retten, indem es dich zum Helden macht – verstehst du mich?«

Nini blickte hilflos zu ihm hoch.

»Hör gut zu, ich erzähle dir jetzt meine Geschichte.« Er erhob sich, zwirbelte den dichten Bart mit seiner fleischigen Hand und begann in der engen Stube auf und ab zu laufen: »Der Tod kam mir erschreckend nah, schon sehr früh im Leben. Viel früher als in deinem. Es zeigte sich in der Gestalt von Pocken, Typhus und Malaria. Ich war auf dem Land geboren. Meine Familie schuftete auf dem Feld. Doch ich war krank und für diese Arbeit unbrauchbar. Alle warteten auf mein baldiges Ende. Aber ich starb nicht. So schickte man mich in die Schule und so wurde aus mir, einem Bauernjungen, später ein Gelehrter. Das Wichtigste, was ich lernte, war, wie sinnlos das Beharren der Menschen auf die Bedeutung ihrer Herkunft ist. Wie der Tod unsere erbärmlichen Vorurteile spielend wegfegt. Sobald man das begreift, werden die Dinge ins richtige Verhältnis gerückt. Der Tod hilft einem zu verstehen, dass die Menschheit nicht das Hindernis, sondern die Helferin auf dem Weg zur Erlösung ist.«

Dorotheus atmete schwer.

»Woran habe ich mich nicht alles in meiner Jugend versucht. Ich war mal Kutscher und Tellerwäscher, Kopist und Dolmetscher, Souffleur und Schauspieler, Kirchensänger und Musiklehrer. Mal im Malariafieber, mal hungrig und mal durstig, mal frierend und mal von der Sonne ausgetrocknet. Zwischen Adrianopel und Konstantinopel, Korinth und Zonguldak, Alexandrien und Kairo, Shibin-el-Kom, Fayum und Khartum wanderte ich hin und her und suchte, suchte, suchte. Bis ich endlich begriff, was mir fehlte: ein eigenes Volk. Doch welches Volk? Geboren war ich im Türkenreich. Thrakien, wo mein Dorf lag, war Bulgarenland. Meine Religion war griechisch. Was war ich also? Nach langer Suche kam ich endlich zu dem Menschen zurück, der mich aufgezogen hatte, zu meiner Großmutter. Die Märchen mit Helden und Halbgöttern, jenen, die dem Tod trotzen, hatte sie mir auf Albanisch erzählt. Also beschloss ich, dass ich nichts anderes sein könnte als Albaner. Sofort machte ich mich daran, die Albaner zu suchen: Wo waren sie? Was taten sie? Erschrocken musste ich feststellen, dass es ihnen schlechter ging als all den Völkern um sie herum.«

Dorotheus' Miene verdüsterte sich.

»Gott hatte mich mit vielen Talenten bedacht: für Sprache, Literatur und Musik. Doch, die Albaner hatten keine Muße für Musik. Den Stier packt man bei den Hörnern, nicht beim Schwanz. Meine Aufgabe war es, sie vor der drohenden Vernichtung zu bewahren. Schnell wurde mir bewusst, dass die Rettung Albaniens nur von außen kommen konnte. Wo aber gab es die meisten Albaner in fremden, reichen Ländern? Ich erfuhr von den Albanern in Amerika. Also ging ich dorthin und nahm mich des bunten Haufens der Ausgewanderten an, um daraus den Kern einer Nation zu bilden. Damit sie mich leichter als ihren Hirten akzeptierten, ließ ich mich zu ihrem Priester berufen. Meine Herde machte es mir weiß Gott nicht leicht! Unter den Albanern war das alte Ideal von Skanderbeg verlorengegangen. Ich ließ ihr Bellen und Beißen, ihre Krallen und Huftritte über mich ergehen, bis ich endlich die Zügel fest in der Hand hielt. Und Gott half mir weiter. Gemeinsam mit anderen, vier, fünf Männern, gelang es mir auf der Friedenskonferenz, Albanien vor der Zerstückelung zu bewahren; danach gründete ich die unabhängige albanische Kirche. Und jetzt kehrt auch meine ganze Gemeinde aus Amerika zurück, ins eigene Land, in den Schoß der eigenen Kirche. Und hier stehe ich heute: Mitglied des ersten albanischen Parlaments, Bischof Dorotheus, Metropolit von Durrës, Shpati und Gora, Primas und Vizepatriarch ganz Illyriens, des Westmeeres und ganz Albaniens.«

Dorotheus hob das Kinn.

»Meine gute Mutter erzählte immer gerne eine Geschichte: Am Vorabend meiner Geburt soll sie einen Traum gehabt haben, sie hätte nicht einen, sondern gleich fünf Menschen geboren. Schade, dass die Arme diese Tage nicht mehr erlebt hat. Ich würde ihr heute sagen: Nicht fünf, sondern eine ganze Janitscharentruppe hast du geboren, liebste Mutter«, polterndes Lachen unterbrach seinen Redefluss.

»Nini, Junge, Du hast jetzt die Chance, unter den Ersten zu sein. Unter den Gründern. Später, wenn das Fest begonnen hat, wird dich niemand mehr zum Helden machen. Die Rolle des Befreiers ist die schwierigste, aber ehrwürdigste. Eine Nation vergisst ihre Gründer nie.«

Es schien, als würde der Bischof jetzt schweben.

»Verstehst du, worin meine Kraft liegt? Warum meine Feinde vor mir zittern? Weil ich mich nicht vor ihnen fürchte, weil ich weder Tod noch Teufel fürchte.«

Nini starrte ihn ehrfürchtig an.

»Komm mit uns, wir brauchen dich so dringend. Denn noch sind wir weit von unserem Ziel entfernt. Ich habe vorhin von den zwei großen Befreiungen gesprochen: die von den Armeen und die von den Kirchen der Fremden. Jetzt bleibt die dritte und letzte, und vielleicht die schwierigste von allen: die Befreiung von innen heraus – die von den Beys.«

Dorotheus zog den Stuhl nah ans Bett: »Solange die Beys noch was zu sagen haben, ist unsere Vision in Gefahr. Sie kennen und wollen keine Nation; für sie endet die Welt an den Grenzen ihres Besitzes.«

Der Bischof neigte verschwörerisch den Kopf: »Wir müssen die Beys vernichten.«

Er richtete sich wieder auf.

»Eigentlich keine große Aufgabe, denn sie sind schon längst zu einem grotesken Anachronismus verkommen. Doch sie wollten ihren Untergang verhindern, indem sie sich des Verrats bedienten.«

Dorotheus senkte seine Stimme zu einer bedrohlichen Tiefe: »In der Nacht, als wir erfuhren, dass Fuad Herri sich mit Gafur Bey Bishtqethmi verschwägern wollte, brach für uns eine Welt zusammen. Wie konnte er uns so hintergehen und sich auf die Seite der Großgrundbesitzer schlagen? Dabei hatte mich Peci schon immer gewarnt: Dorotheus, er hat die Augen einer Schlange! Es waren schwere Zeiten! Die Grenze war noch offen, Banden von Griechen und Serben fielen ein und verwüsteten ganze Landstriche, niemand konnte sie aufhalten. Die Italiener hielten Vlora besetzt, die islamistische Reaktion belagerte und bedrängte uns genauso wie 1914. Wir hatten keine Zeit für lange Überlegungen. Jeder einzelne Kämpfer war wichtig für uns. Fuad Herri hatte einen ganzen bewaffneten Stamm hinter sich, die Strukaner. Und er nutzte unsere Not tüchtig aus. Wie eine Spinne hatte er überall seine Netze gesponnen, fast die Hälfte der Armee und der Beamten hat er schon korrumpiert.«

Dorotheus knirschte mit den Zähnen.

»Seit dem Attentat, ist er noch viel gefährlicher. Er sitzt in seiner Höhle und wetzt den Dolch. Und wir sagen: Komm nur. Jetzt oder nie. Auf Leben und Tod.« Er schüttelte seine rabenschwarze Mähne. »Lassen wir die amerikanischen Jungs für einen guten Zweck gestorben sein.«

Nini brachte keinen Laut hervor.

»Ich weiß, du bist schockiert. Wir alle sind es. Es ist eine schreckliche, grausame Tat, eine wahre Tragödie. Aber in diesem Augenblick ist die ganze Aufmerksamkeit des Westens auf uns allein gerichtet. Das müssen wir nutzen, das könnte unser großer Moment werden. Nini, mein Sohn, in dieser letzten Schlacht werden die Fäulnis des Orients und die Leuchtkraft des Okzidents endgültig aufeinander prallen. Laster, Ignoranz und Niedertracht gegen Gerechtigkeit, Aufklärung und Ritterlichkeit! Wem glaubst du wohl, gehört der Sieg?«

Dorotheus brach wieder in gewaltiges Gelächter aus.

»Nini, steh auf! Wir haben viel zu tun! Morgen, in der Evangeliumkirche werde ich die Totenmesse zelebrieren. Ich werde die Gemüter in Wallung bringen. Meine Feinde werde ich in Grund und Boden reden. Mein Wort wird Fuad Herri bloß stellen! Sein Verrat wird ihm ins Gesicht geschrieben stehen, so dass alle es sehen können, auch die Diplomaten! Die Amerikaner werden endlich ihre Kriegsflotte schicken und dieser Regierung des Satans den Garaus machen! Und dann werden wir sehen, wie diese Ratten von der donnernden Büffelherde zermalmt werden. Halleluja!«

15
DUELL IN DER KIRCHE

»Die Wunde ist gut verheilt, ein Pflaster würde genügen.«

Doktor Valanidhi hatte seinen Patienten an diesem Morgen des 8. April schon in einen Anzug gekleidet angetroffen. Es schien an der Zeit, zu fragen, ob der Verband noch erwünscht sei.

Fuad Herri schwieg. Ihm war zu Ohren gekommen, dass der Arzt damit prahlte, dass er sein Patient war. Der hielt sich wohl für einen großen Heiler. Du bist aber nur ein lausiger Wundpfleger, dachte er, und ein Hohlkopf dazu. Er sah ihn schief an und hielt ihm den verwundeten Arm vor die Nase: »Verbinde ihn, und zwar sauber und ordentlich.«

Den Doktor durchfuhr ein gewaltiger Schreck, hastig holte er eine Mullbinde aus dem Kasten und legte den Verband an.

»Lasst mich rufen, wenn Ihr mich braucht.« Den Kopf gesenkt eilte er zur Tür.

Scher dich zum Teufel, dachte Fuad Herri.

Im Treppenhaus stolperte der Arzt und konnte sich gerade noch am Geländer festhalten. Dann verhallten seine eiligen Schritte.

Sechs Wochen, zählte Fuad Herri bei sich, sechs Wochen lang hatte ihn seine Verletzung ans Bett gefesselt. Der Attentäter hatte aufs Herz gezielt. Aber Stümper, der er war, hatte er das Ziel verfehlt und stattdessen die Lunge getroffen. Und mit einer zweiten Kugel, den linken Arm, knapp über dem Handgelenk.

Heute hatte man das Bett wieder aus dem Herrenzimmer entfernt.

Das leidige Nachthemd hatte er gegen seinen schwarzen Maßanzug getauscht. Und mit dem Verschwinden des Doktor Valanidhi und seiner widerlich riechenden Tinkturen nahmen diese schweren Wochen, die rasenden Schmerzen und unendlichen Scharen schamlos-schaulustiger Besucher, die er ertragen musste, endlich ein Ende. Das Herrenzimmer hatte seine altehrwürdige, feierliche Atmosphäre zurückgewonnen.

Fuad Herri horchte eine Weile in die majestätische Stille des Alten Serails. Den prächtigen Palast hatte seinerzeit Idajet Pascha, der frühere Feudalherr von Tirana erbaut. Aber nach dem Großen Krieg hatte der alte Haudegen seinen politischen Instinkt verloren. Einen fatalen Fehler nach dem anderen hatte er gemacht, Macht und Ansehen eingebüßt, und zuletzt sogar den Kopf.

Seitdem er Premierminister war, residierte Fuad Herri hier. Er war der neue »Pascha von Tirana«, auch ihm trachtete man beständig nach dem Leben. Herr des Serails zu sein, war und blieb eine lebensgefährliche Angelegenheit.

Die alten Befestigungsmauern aus massivem Stein waren vor kurzem mit Wachtürmen noch sicherer gemacht worden – er selbst hatte nach dem Attentat diese Bauarbeiten in Auftrag gegeben. Schwer bewaffnet und in die pittoreske Struka-Tracht gekleidet, bewachten seine Landsleute den Palast – stolze Gestalten mit Adlernasen. Fuad Herri wusste, dass es diese unverhohlene Demonstration der Macht war, die man ihm übel nahm. Doch hätte er nie geglaubt, wie tief der Neid und der Hass seiner Feinde wirklich saßen, bis zum Tag, an dem sie versucht hatten, ihn zu töten. Aber Gott hatte ihn beschützt. Und anders als sie, die sie von ihrem Hass geblendet waren, konnte Fuad Herri die Zeichen Gottes richtig deuten.

Die Füße trugen ihn zu dem mit Schnitzereien prunkvoll verzierten Kamin. Eine Weile verlor er sich in der Betrachtung. Welch Meisterwerk, welche Geschmeidigkeit der Linien und Bögen, welch schönes Zusammenspiel der Motive. Man glaubte, eins zu erkennen, dann, wenn man den Windungen weiter folgte, ergab sich daraus ein anderes. Bis ins Unendliche. Faszinierend.

Im Treppenhaus waren Schritte zu hören. Sein Diener erschien in der Tür. »Frau Mutter erwartet Euch zum Kaffee.«

Fuad Herri schaute dem alten Mann nach, wie er auf Zehenspitzen davon tippelte. Sollte er ihn auch ein bisschen einschüchtern, so wie Doktor Valanidhi? Aber nein, solche Spielchen sollte er heute lassen. Unter größten Anstrengungen war er in den vergangenen Wochen wieder zu Kräften gekommen. Er sollte sie heute nicht für Nebensachen vergeuden.

Er streichelte mit den Fingerkuppen ein letztes Mal die Kaminfront und begab sich zu den Gemächern seiner Mutter. Auf der Treppe verspürte er einen stechenden Schmerz in der Brust. Seine verletzte linke Seite schmerzte noch arg. Nicht jetzt, flüsterte er, du musst jetzt stark sein, wir haben heute viel zu tun.

Seine Mutter saß vor zwei vergoldeten Tassen, umweht von den besänftigenden Aromen des frisch gerösteten Kaffees. Am offenen Fenster, unter einem hellblauen Himmel, rankte zartgrünes Weinlaub, ewiges Dekor in all ihren Zimmern. Für einen Augenblick sehnte er sich danach, in die nach Lavendel duftende Pumphose der Mutter zu kriechen, um wieder ins Paradies seiner Kindheit zurückzukehren. Doch der Anblick der stolzen, grimmigen Wachen auf den Türmen vertrieb dieses Verlangen sogleich. Der Frieden war noch fern. Wieder spürte er einen Schmerz in der Brust, und er biss die Zähne zusammen, um sich vor der Mutter nichts anmerken zu lassen.

Als man ihn nach dem Attentat blutüberströmt und zornig wie eine Furie nach Hause gebracht hatte, bereit, mit seinen Strukanern zurückzukehren und ein Blutbad anzurichten, hatte sie ihn besänftigt, bis sich der Sturm in seiner Seele gelegt hatte. Sie wollten sich deiner entledigen, sagte sie. Gut, lass sie im Glauben, dass es ihnen gelungen ist. Aber dann, wenn sie sich in Sicherheit wähnen, wirst du zurückschlagen, und dein Schlag wird tödlich sein. Mit ihren Worten im Sinn hatte er in den vergangenen Wochen den entscheidenden Gegenschlag ausgeklügelt.

Sie hatte ihn geheilt, sie allein besaß die Kraft.

Aber heute waren ihre Augen kalt. Alle Sanftmut und Zärtlichkeit war von ihr gewichen. Heute wollte sie ihn nicht besänftigen. Heute schickte sie ihn in den Krieg.

Langsam erwachte in ihm seine Wolfsseele. Viele Jahre lang, während seiner Kindheit in Struka, hatte er die Wölfe beobachtet, wie sie sich im Winter aus dem verschneiten Wald herauswagten, um bis zu den Mauern des Schlosses der Herris vorzudringen. Die Menschen fürchteten sich vor ihnen. Sie waren hungrig, und der Hunger machte sie gefährlich. Der kleine Fuad war von ihrem reißenden Mut gefesselt, und von ihrem stechenden Blick bezaubert. Damals hatte er eine Art Seelenverwandtschaft mit den Wölfen verspürt.

Fuad Herri nippte am Kaffee. Es war ein sonniger Tag, genauso wie er sich ihn gewünscht hatte. Er richtete seinen Rücken gerade und holte tief Luft.

Da ertönten vom nahen Turm der Evangeliumkirche die Glocken. Deren unerbittliche Aufforderung brach jäh in die Idylle ein. Die Schwingungen dröhnten in seinen Kiefern, und er biss sie fest zusammen. Er stand auf und ging zur Tür.

»Du, Mutters Freude«, hörte er in seinem Rücken.

Fuad Herri hielt inne.

»Auf Wiedersehen, Mutter«, sagte er, ohne sich umzudrehen.

Rasch stieg er die Treppe hinunter. Keinerlei Schmerz war mehr zu spüren. Seine Nerven waren jetzt gespannt wie die Saiten einer Laute, über die ein alter Rhapsode hart mit dem Bogen fuhr. Im Geiste hörte er die nahenden Schlachttrommeln. Von ihnen angefeuert, schritt er durch das Tor seiner Burg wie ein Held der alten Epen. Lange genug hatte er sich dort eingesperrt. Lange genug war der verwundete Held vom Kampfplatz verbannt gewesen. Endlich ging es wieder in die Schlacht.

Im Innenhof breitete sich Hektik aus. Die zwei angespannten Pferde schnaubten und stampften, als sie ihren Herrn erkannten, ihre Nüstern bebten in der lauen Frühlingsluft.

Dann ging es los. Sein Wagen raste durch die Gassen und ließ die erschrockenen Menschen zur Seite springen. Auf einmal war ihm, als würden den herrlichen Tieren Flügel wachsen; als würden sie, mit ihrem Herrn auf dem Rücken über die Dächer fliegen. Er hörte den Straßenlärm. Wie hatte er das vermisst! In seiner Brust erklang unablässig ein einfaches, aber dröhnendes Motiv: Ich komme! Ich komme! Ich komme! Das Bad in der Menge machte ihn trunken. Er liebte das: ihre Anbetung, ihre Angst, ihre Hoffnungen, einfach alles. Ohne sie konnte er nicht leben. Man hatte es ihm wegnehmen wollen, aber jetzt kehrte er zurück. Doppelt so durstig, doppelt so todbringend wie zuvor.

Der Wagen hielt am überfüllten, von seiner Leibgarde gesäumten Platz vor der Kirche. Seine Wachen rissen den Schlag auf, um ihm beim Aussteigen zu helfen. Mit einer Handbewegung wies Fuad Herri sie zurück. Dann setzte er zunächst das rechte Bein auf den Boden, mit seiner rechten Hand hielt er sich am Türgriff fest und zog dann, etwas umständlich, das linke Bein nach. Da stand er nun mit seiner ganzen, imposanten Statur, den linken Arm wie ein Schwert vor die Brust gebunden. Eine Woge der Bewunderung erfasste die Menge.

Mit strenger Miene hielt Fuad Herri die Wachen fern, die ihn wieder umstellen wollten. Die Dummköpfe wussten nicht, wie sie ihm am Besten dienen sollten. Sie merkten nicht, dass heute vor der Kirche keine Gefahr drohte. Dass heute niemand einen Anschlag auf ihn wagen würde. Dieser Platz gehörte heute ihm allein.

Er war derjenige, der mit der Waffe unterm Kopfkissen groß geworden war. Er war der Spross des kriegerischsten Stammes der Berge, vor dem alle anderen seit Jahrhunderten zurückschreckten. Nicht wie diese feigen Hunde, die mit zitternder Hand aus dem Hinterhalt auf den Gegner schossen.

Er bewegte sich auf die Kirche zu, bei jedem Schritt auf dem rechten Bein kurz ausharrend. Die Menge erstarrte, als hätte sie aufgehört zu atmen. Fuad Herri wusste: Er war jung – jünger als alle anderen, der Bestaussehende, der am edelsten Gekleidete. Man hatte ihn verwundet, es waren echte Kriegswunden, aber er ertrug die Schmerzen mit heroischer Beherrschung. Und was hatten seine Feinde dagegen aufzubieten?

Endlich erreichte er das Kirchenportal. Es fiel hinter ihm zu, seine Leibgarde blieb draußen.

Die kleine, überfüllte Kirche war in tiefe Dunkelheit getaucht. Er erkannte zuerst nur Schatten, durchsetzt mit weißen Punkten und Flecken, die sich in seine des Sonnenlichts entwöhnten Netzhaut eingebrannt hatten. Mit dem linken Ellbogen fühlte er den Revolverknauf unter der Jacke. Die heute in dieser Kirche waren, waren sicherlich alle bewaffnet. Seine rechte Hand, seine Schusshand, war unversehrt. Wo lohnte es sich, Fuad Herri zu verletzen? Am linken Arm? Oder eher am rechten? Doch seine Feinde waren zu dumm, so weit vorauszudenken.

Fuad Herri schob sich durch die Menschenmenge. Dieses Gedränge war ihm unerträglich. Es waren viel zu viele, die auf diesem kleinen Fleckchen Erde wie die Heuschrecken ausgeschwärmt waren und sich an ihm zu laben suchten. Dieses karge Land reichte noch nicht mal für die Hälfte von ihnen. Nein, es reichte noch nicht mal für zwei. Eigentlich gab es Platz nur für einen – für *den* einen. Bald würde jeder dies erkennen. Diese Ansammlung von Beys, Stammesfürsten, Bischöfen und Muftis, Abgeordneten und Militärs erschien ihm nur noch lächerlich.

Schließlich war er in der ersten Reihe angekommen, er begab sich auf die rechte Seite, dieselbe Position, die er auch im Parlament einnahm. Seine Augen gewöhnten sich langsam an das spärliche Licht. Alle hatten sich wie im Parlamentssaal platziert: Seine Leute saßen auf der rechten Seite, die Opposition links, die »Neutralen«, wie immer, in der Mitte. Die Diplomaten, die im Parlament in den Logen saßen, standen an die Wände gelehnt.

Sie hatten auf ihn gewartet. Sie hatten gewusst, er würde zurückkehren. Vor sechs Wochen hatten sie ihn zuletzt gesehen, wie er blutend, mit dem Revolver in der Hand in den Saal getaumelt war. Eine Minute zuvor hatte ihn der Tod gestreift, aber nicht mit sich fortgerissen. Und jetzt, da er lebte, hatte er Blutrache zu nehmen.

Augenblicklich unterzog er seine Gefolgschaft mit gebieterischen Blicken einer strengen Prüfung. In der ersten Reihe ganz links von ihm sah er den fetten Nacken von Gafur Bey, jetziger amtierender Premier, der auch für die Finanzen zuständig war. Er war auch sein zukünftiger Schwiegervater. Der Arme hatte ein schwaches Herz, zitterte und schlotterte und schwitzte Blut und Wasser. Er fürchtete vor allem um seine geliebte Tochter, die er an Fuad Herri hatte verpfänden müssen. Was er noch nicht wusste, war noch viel grausamer: Dass Fuad Herri seine Tochter nie heiraten würde. Aber das würde er noch früh genug erfahren.

Rechts neben ihm saß Adnan Bey, Außenminister, der gleichzeitig das Justizministerium leitete. Auch er hatte mörderische Angst und konnte das kaum verbergen. Er hatte Augen wie ein Luchs, und die Spitzen seines roten Schnurrbarts zuckten verräterisch. Spiel bloss kein falsches Spiel, Adnan Bey, lass die Mauscheleien, sonst bist du Güter und Moustache los, ehe du bis drei zählen kannst.

Neben Adnan Bey ragte die rotgeschwollene Nase von Kriegs- und Innenminister Luk Katundi aus der Reihe, einem erbärmlichen Trinker, Spieler und Bordellgänger. Seine wichtigste Aufgabe war der Aufbau der neuen Gendarmerie. Er war kein Bey und besaß keine Güter, hatte aber im albanischen Süden, der Teufel weiß woher, einen bemerkenswerten Ruf als exzellenter Soldat. Er nannte sich Major, verstand aber von der Kriegskunst genauso viel wie dieser Doktor Valanidhi vom Heilen. Sein Missbehagen hatte er bestimmt schon frühmorgens im Raki ertränkt, denn ohne einen Schnaps setzte er, wie es hieß, keinen Fuß vor die Tür. Bisher hatte er mehr oder weniger getan, was man ihm sagte. Heute rollte er mit den Augen und schien ziemlich verwirrt. Fuad Herri beugte sich hinter Adnan Beys Rücken zu ihm und raunte: »Nimm dich zusammen, Luk Katundi, ich warne dich.«

Anschließend musterte er unauffällig das Lager des Gegners. Während seinen Leuten die Anspannung deutlich anzumerken war, plusterten sich diese wie Truthähne auf. An der Seite Amerikas fühlten sie sich wohl sicher. Sie waren unter den Fittichen ihres Propheten Dorotheus in diesen verlorenen Erdenwinkel aus der großen weiten Welt eingeflogen, um den hiesigen Bauerntölpeln zu zeigen, wie man einen Staat gründet.

Aus der Zeit als er noch mit ihnen koalierte, wusste er, dass sie ihn hinter seinem Rücken den »Bergbauern von Struka« nannten. Eiskalte Wut packte ihn, wenn er daran dachte. Sie hielten ihn für einen Banausen, weil er keine Universität besucht hatte. Er hatte das Lyzeum sechzehnjährig abgebrochen, um die Nachfolge seines plötzlich verstorbenen Vaters anzutreten – der Clan brauchte ein Oberhaupt. Gleich darauf war der Balkankrieg ausgebrochen, und er musste in den Krieg ziehen. Wo waren sie denn gewesen, als die serbischen Banden brandschatzend durchs Land zogen? In Pariser Kaffeehäusern hingen sie herum und schwatzten. Erst nach dem Krieg kamen sie und stürzten sich wie Aasgeier auf die Beute, die von anderen unter blutigen Opfern erkämpft worden war. Fuad Herri hatten sie das Innenministerium übertragen, aber nicht als Anerkennung, sondern um ihn und seine bewaffneten Strukaner auszunutzen. Und als er ihre Pläne durchkreuzte, schrien sie: »Verrat!« Und sie hetzten die Föderation, jene Mörderbande, auf ihn. Fuad Herri lief es kalt den Rücken hinunter. Er spürte sie, er hörte sie geradezu um die Kirche herumschleichen.

Aber ich bin gerissener als du, Dorotheus. Findest du meine Beys grob? Dann schau dir doch mal ihre Namen an: Gorica, Bishtqethmi, Maliqi - wenn du einen zum anderen tust, hast du den gesamten albanischen Boden im Sack und Dreiviertel des Volkes dazu. Albanien ist Bauernland, Dorotheus. Außerhalb des Cafés International bringt euch eure amerikanische Eloquenz, auf die ihr so stolz seid, nicht viel weiter. Ja, meine Beys sind keine Philosophen. Aber sie sind treu. Und darum muss ich nicht bitten - dafür sorgen schon meine Agenten und Spione, denen nichts an Sünden und Schurkereien entgeht. Ich fessele sie mit den eisernen Ketten der Angst; und womit fesselst du? Ich verspreche den Erhalt der Güter und der Titel; und was versprichst du? Wenn der Tag der Entscheidung kommt, wer wird für dich die Kanonen bedienen? Wo bleibt heute deine rechte Hand, der Anführer der Föderierten? Ist abgehauen, was? Weiß er vielleicht, dass ich ihm, wenn er mir wieder unter die Augen kommt, die Beine kürze?

Fuad Herris Blick glitt zu den Diplomaten hinüber. Sie standen mit düsteren Mienen da. Manche wohl aus gutem Grunde, wie der serbische und der griechische Gesandte, die unter strengster Beobachtung standen. Auf euch Schurken komme ich noch zurück, jetzt habe ich Dringenderes zu tun.

Der amerikanische Gesandte guckte besonders finster. So gebot es ja auch der Anlass. Die Note, die Julius Grant dem Außenminister überreicht hatte, war eine offizielle Anklage: Die Vereinigten Staaten von Amerika erwarteten die rasche Aufklärung des Verbrechens, andernfalls würde der albanische Staat mit schweren Konsequenzen zu rechnen haben.

Fuad Herri hatte den Ernst der Lage sofort begriffen. Der Moment war heikel und verlangte schnelles Handeln. Vom Krankenbett aus hatte er Luk Katundi zu sich rufen lassen und ihm die nötigen Anweisungen gegeben. Vom Geschick der ersten Schachzüge würde alles Weitere abhängen. Fuad Herri hatte längst begriffen, wie man mit den Westlern umgehen musste. Ihr Zorn konnte sehr bedrohlich werden, und Amerika besaß die größte militärische Schlagkraft der Welt. Aber dieser Zorn hatte auch etwas Argloses und ließ sich leicht in andere Bahnen lenken.

Er hatte diese Arglosigkeit kennengelernt, als er für zwei Jahre während des Krieges in Wien lebte. Am Anfang hatte er sich ziellos und gelangweilt in den Straßen herumgetrieben, bis ihn eines Tages sein väterlicher Freund Faik Bey Konitza in die Oper mitgenommen hatte: Hier findest du in all seiner Reinheit den Geist des christlichen Europa, hatte er gesagt. Höre Mozart, inhaliere ihn, und es wird sich dir offenbaren. Und genau das hatte Fuad Herri getan. Er ging in die Oper, zunächst einfach aus Neugier und ohne große Erwartungen, doch schnell hatte er Gefallen an dieser Musik gefunden. Die zwei Jahre in Wien hatte er so viel Mozart gehört, dass er am Ende wirklich erspürt hatte, was Faik Bey den Geist Europas nannte: Es war die reine Unschuld. Diese christlichen Europäer versuchten, ihre Seele von allem zu befreien, was nicht edel und erhaben war. Ihre himmlische Musik bedeutete die ewige Sehnsucht des Menschen nach Frieden und Eintracht. Sie gaben sich ihr vollkommen hin. Die dunkle Seite, die bestialische, todbringende, die Neigung zu Vernichtung und Krieg, wollten sie nicht wahrhaben.

Doch sie hatten sich gewaltig getäuscht, diese feinen Europäer. Jene mörderische Neigung hatten sie nicht aus der Welt verbannen können, sie hatten sie nur für kurze Zeit verdrängt. Bald brachen diese zivilisierten, kulturreichen Nationen einen der entsetzlichsten Kriege vom Zaun, den die Welt je gesehen hatte.

Und auch danach hatten sie noch immer nichts dazu gelernt. So gründeten sie den Völkerbund, um den Tagträumen ihrer Friedensliebe weiter nachzuhängen, und übersahen, wie sich dieses große Haus mitten in Genf tagtäglich ein Stück mehr in ein Heim für vertrottelte, hoffnungslos an die Unschuld der Menschenrasse glaubende Professoren verwandelte. Leute wie dieser Martignac beispielsweise, der auch in die Kirche gekommen war und jetzt mit den Diplomaten an der Wand lehnte.

Albanien hatte wegen der Hungersnot im Norden des Landes in Genf um Hilfe nachgesucht, und der Völkerbund hatte daraufhin den Professor geschickt, um die Lage vor Ort zu untersuchen. Zur Untersuchung! Um die grandiose wissenschaftliche These zu bestätigen, dass Hunger der menschlichen Gesundheit schadet. Ja, wir wissen, ihr meint es gut, und dieser Professor Martignac ist ein Wohltäter Albaniens. Aber wenn die Maissäcke hier endlich eintreffen würden, wäre schon die Hälfte der Kinder verhungert!

Noch schmerzlicher war die Sache mit dem Kredit gewesen, den Albanien beim Völkerbund beantragt hatte. Ein ganzes Jahr hatte es gebraucht, bis nach endlosem Geschacher und unwürdigem Versteckspielen die Ablehnung kam. Albanien solle sich selbst aus der Klemme helfen. Geht nach Monte Carlo und spielt am Roulettetisch, hatte ihm einer seiner Unterstützer in Genf geraten, dort habt ihr bessere Chancen als beim Völkerbund.

Zeit für einen Kurswechsel also, hatte er, damals gerade zum Premierminister berufen, beschlossen.

Er hatte seine Hoffnungen auf Großbritannien und die Vereinigten Staaten gelenkt. Sie waren die Gewinner des Krieges, waren mächtig und reich. Zunächst hatte er wirklich geglaubt, die Amerikaner würden sich Albaniens annehmen und daraus ein Kleinod machen mitten auf dem wilden Balkan. Doch die Enttäuschung hatte nicht lange auf sich warten lassen. Amerika war es nicht ernst mit dem Weltfrieden. Es bemühte sich nicht einmal, den Schein zu wahren. Es hatte sich sogar vom Völkerbund, die Idee seines Präsidenten Wilson, verabschiedet. Warum war der amerikanische Gesandte denn nur so pikiert wegen der Ölgeschichte, als hätte man ihm unrecht getan? Sollten Arme den Reichen Geschenke machen? Was für eine Logik war das?

Von den biederen Gestalten dort an der Wand hob sich als Einziger der britische Botschafter Harris ab. Er besaß ein anderes Format, war ein ganzer Kerl, ein Mann von Welt.

Doch während Amerika die Kraft, aber nicht den Willen hatte, fehlte es den willensstarken Briten an materiellen Ressourcen.

Eines Tages reifte dann in ihm die Erkenntnis: Wo es keine Hilfe gibt, gibt es auch keine Strafe. Kein Kredit vom Völkerbund heißt auch: keine Sanktionen vom Völkerbund! Die Versprechen wurden nicht eingehalten. Dann lasst mich machen, wie meine Vorfahren es seit jeher getan haben!

Fuad Herri hob das Kinn, um die Menschen im Raum mit seinem Adlerblick zu fesseln, als ihm plötzlich etwas Außergewöhnliches auffiel, ein kleiner bunter Fleck inmitten des Schwarz-Weiß-Bildes, eine Schleife inmitten der Strenge männlicher Linien. Eine Frau! Europäisch gekleidet, mit Hut und Halbschleier. Aber sie war nicht irgendeine Frau! Wie konnte ihm das bis jetzt entgangen sein? Aus den Augenwinkeln fixierte er sie gebannt. Sie stand an die Wand gelehnt und hatte sich eingehakt bei Pjetër Gjadri. Es war Delina Gjadri, die berühmte Shkodranerin – es hieß, sie sei die schönste Frau Albaniens.

Was war hier bloß los? Sein Tirana versetzte ihn in Erstaunen. Hier hatten sich die Frauen normalerweise aus Männersachen herauszuhalten! Dort in Europa, hatte Fuad Herri eine Menge Frauen gekannt, schöne und gebildete. Sie hatten ihn geliebt, den jungen, eleganten Offizier, der die raue Männlichkeit des Balkans stolz zur Schau trug. Er hatte ihre Zärtlichkeiten genossen, es war ganz natürlich, denn es fand auf kaiserlich-königlichem Boden statt. Aber hier? Nein, dies hier ist Albanien, ein wildes Land.

Diejenigen, die das Glück gehabt hatten, die Frau im Haus der Gjadris zu sehen, hatten ihm von ihrer bezaubernden Schönheit erzählt. Hier, im dämmerigen Licht der Kirche, konnte man ihre halbverschleierten Gesichtszüge kaum erkennen. Man sah nur die feinen Linien der geschlossenen Lippen und der Wangen, die wie von Mimosenblüten gepudert aussahen.

Fuad Herri spürte wieder einen Stich im Herzen. So wie er, starrten sie wohl alle diese Frau an. Sie begafften ihren Hals, ihre Beine, ihre reichberingten Finger. Und was machte dieser Tölpel, ihr Ehemann? Er hatte ein glattes, gepflegtes Gesicht, war Spross eines alten Geschlechts aus Shkodra, reiche Kaufleute, die schon seit Skanderbegs Zeiten Handel mit Venedig betrieben. Jetzt machten sie Geschäfte mit dem jungen Staat – Pjetër Gjadri verhandelte mit der Regierung über die Postkonzession, und schien die Kirchen Tiranas mit Venedigs Theaterhäusern zu verwechseln. Er zeigte seine Frau in aller Öffentlichkeit! Wer weiß, was in seinem Kaufmannshirn so alles vor sich ging. Nicht umsonst verabscheute Fuad reiche Leute, diese verwöhnten Söhnchen, die kraft Geburt alles geschenkt bekommen hatten. Arme Frau! Ihr reicher Mann hatte sie gekauft, wusste aber nicht ihren Wert zu schätzen.

Fuad Herri, der alles Schöne zutiefst verehrte, spürte, jetzt, wo er sie, die schönste Frau Tiranas gesehen hatte, musste er sie auch besitzen. So wie alles andere in *seinem* Land.

Dorotheus, hast du wirklich geglaubt, du könntest mich so leicht los werden? Aber ich bin in deine Höhle gekommen. Du hoffst auf Amerikas Schlachtschiffe? Dass ich nicht lache. Du bist nicht hier geboren, bist nicht im Schoße dieser Erde herangewachsen. Du kennst ihre Krämpfe, ihre Geschwüre, ihre Pein nicht. Und ebenso wenig tun das diese Landstreicher, die du im Schlepptau hast. Ich werde euch von hier verjagen, wie lästige Fliegen, auf dass von euch nicht einmal eine Spur zurückbleibt. Denn dies ist meine Erde!

Hinter der Ikonostase vernahm man plötzlich ein Rumoren, wie von einer Lawine, die sich gerade vom Hang löst. Fuad Herri warf den Kopf in den Nacken. Komm, Dorotheus, ich bin bereit.

Die Lawine aus wallendem schwarzen Stoff und langen Haaren ging endlich nieder, sie fegte die kleine Tür der Ikonenwand weg und prallte gegen die Füße in der ersten Reihe. Fuad Herri hielt sich an der Bank fest.

Dorotheus stand da, dunkel und ehrfurchtgebietend wie ein Fels.

»Mutter Albanien!«

Die Kirchenmauern erzitterten.

»Du trauerst heute. Du klagst und heulst, und die Tränen strömen über dein Angesicht um jenen schwarzen Sonntag, einen Tag voller Schmerz und Schande, als zwei Söhne Amerikas auf deinem Boden ihr Leben ließen. Zwei Gäste aus dem gastfreundlichsten aller Herrenländer, aus dem Land, das die Hoffnung aller Verfolgten und Unglücklichen dieser Welt ist!«

Dorotheus hielt inne. Finster nahm er die erste Reihe in Augenschein. Dorotheus' glühende, tiefschwarze Augen und die eiskalten, grauen von Fuad Herri kreuzten zornige Blicke. Dorotheus unterdrückte unüberhörbar ein drohendes Grunzen.

»Auch deine Unglücklichen, Albanien, denn mit solchen ist deine Erde übersät, haben in Amerika ihren Traum vom Glück gesucht. Bei dieser liebreizenden jungen Lady, die sie zärtlich in ihre Arme genommen hat.«

Aus den Reihen der gelackten Stutzer auf der linken Seite erklangen zwei, drei Seufzer.

»Sie, und nur sie, Albanien, hat deine leidenden Söhne aufgenommen. Sie und nur sie schickte dir Brot, als der Feind deine Ernte verbrannte und dir der Hungertod drohte. Ihr und nur ihr ist es zu verdanken, dass du heute erhobenen Hauptes dahin schreitest und dich zu den freien und stolzen Völkern der Erde zählen darfst.«

Dorotheus' Rede nahm einen eindringlichen Ton an: »Nie wird jenes Schicksalsjahr neunzehnhundertachtzehn vergessen sein. Das Blut auf den Schlachtfeldern von Verdun war noch nicht getrocknet, da tobte schon die nächste Schlacht an den Verhandlungstischen der Friedenskonferenz, wo das kleine, wehrlose Albanien von den erzürnten Titanen niedergetrampelt zu werden drohte! Unvergessen wird auch jener vierte Juli bleiben, jener Independence Day, als wir, die Gesandten aller Völkerschaften Amerikas uns um Präsident Wilson, wie er da zwischen zwei Eichen stand, geschart hatten. Ich kam ihm näher und sagte: Mister President, Sie sind die einzige Hoffnung für uns Albaner. Er drehte sich zu mir und sagte: Ich besitze nur eine einzige Stimme auf der Friedenskonferenz, aber ich werde sie für euch einsetzen.«

In der Kirche war es totenstill geworden. Gebannt lauschten Delina Gjadri und die hohen Herrn der Rede. Fuad Herri ärgerte sich: Weshalb gingen die Menschen diesem Gaukler auf den Leim? Man munkelte, in seiner Jugend sei Dorotheus Wanderschausteller gewesen. Um ihm die Schau zu stehlen, hüstelte er und strich betont seine Armbinde glatt. Zahllose Blicke streiften ihn, auch der von Dorotheus. Erst jetzt schien dieser den verbundenen Arm wahrzunehmen.

»Und der amerikanische Präsident hat Wort gehalten«, erhob er wieder seine Stimme, »die Schwarzmaler, die behaupten, Amerika kümmere sich nur um Dollars, wurden eines Besseren belehrt, als sie sahen, wie Amerika einen Idealisten wie Präsident Wilson nicht ein-, sondern gleich zweimal zu seinem Anführer wählte. Dieses Land ist der Todfeind jeder Ungerechtigkeit auf Erden.«

Julius Grant und seine Begleiter standen wie versteinert.

»Und jetzt, Albanien, hast du zwei Amerikaner getötet. Die Schmach liegt schwer auf deiner Seele. Wer hat deine Ehre in den Staub gezogen? Wer hat deinen Kanun geschändet?«

Es war nicht zu fassen. Der Priester beschwor den Kanun. Das war doch lächerlich. Er schien damit die Stammesführer beeindrucken zu wollen. Drohten sie etwa auf diesen Trick reinzufallen? Der Kanun, das Bergland gehören doch zu mir. Was verstehst du vom Kanun, du Schwarzrock, du Bolschewik, du…

»Das vergossene Blut schreit nach Vergeltung!«

Die Wucht des Wortes »Vergeltung« brachte die Kirche wieder zum Beben. Alle rutschten unruhig auf ihren Sitzen hin und her. Fuad Herri blickte zum amerikanischen Gesandten. Ich muss ihm die Mörder liefern, dachte er. Das hätte ich schon längst tun sollen. Das ist das Erste, das ich anpacke, sobald ich hier rauskomme. Wenn ich lebendig hier rauskomme.

Er drehte den Kopf zu seinen Leuten hinüber. Worauf warteten diese Schafsköpfe noch? Er stieß mit dem Ellbogen in Adnan Beys Rippen. Tu was, fuhr er ihn stumm an. Alle Welt soll sehen, mit welch einer launenhaften, verantwortungslosen Opposition wir es zu tun haben.

»Die Regierung tut doch schon ihr Möglichstes!«, krähte Adnan Bey in die Stille.

Alle drehten sich zu ihm hin. Fuad Herri atmete auf.

»Die Regierung hat ihre Pflicht versäumt«, brüllte ihm einer von Dorotheus' Leuten entgegen.

»Bitte, bitte, liebe Freunde«, flehte Dule Bey Maliqi von den mittleren Sitzen. »Nicht, dass es uns wie den Griechen ergeht!«

Dorotheus' Augenbrauen zogen sich zusammen.

»Gott schaut vom Himmel auf uns Menschenkinder nieder. Merkt doch auf, ihr Narren im Volk! Und ihr Toren, wann wollt ihr klug werden? Wie lang werdet ihr zusehen, wie der Feind den Herrn schmäht und eure Ehre? Der Herr wird über die Gottlosen Feuer und Schwefel regnen lassen! Krach und Knall und Donnerschlag!«

»Mit Krach und Knall auf den Straßen und in den Kirchen, so kann man nicht regieren!«, kreischte der Kriegsminister Luk Katundi.

»Diese Regierung ist selber schuld«, schoss einer aus der Opposition zurück.

»Ihr Treulosen, ihr Schamlosen, ihr...«, Luk Katundi war dabei, die Selbstbeherrschung zu verlieren.

»An den Händen des Feindes klebt Blut. Und wieder hat er sein Schwert gewetzt und seinen Bogen gespannt und zielt. Siehe, er hat Böses im Sinn. Doch Albaniens Zorn wird bald entflammen! Er wird ihn verschlingen; die Flammen seines verzehrenden Feuers werden ihn fressen. Der Herr wird seinen Donner mit Blitzen und Erdbeben auf ihn loslassen!«

»Ihr wollt doch das Feuer anfachen! Ihr...«

»So prophezeite Jesaja: Hört zu, ihr Tyrannen, ihr werdet zugrunde gehen! Unversehens wird euch Unheil überfallen! Gott, unser Heiland, wird die Gerechten segnen! Machet die Tore weit, dass der König der Ehren einziehe! Stärkt die müden Hände und erquickt die strauchelnden Knie! Sehet, euer Gott, der kommt zur Rache! Böses wird vergo…«

Das scharfe Echo von zwei Pistolenschüssen durchtrennte das »o«. Die Scheiben der Fenster, von den zwei Kugeln getroffen, barsten über den Köpfen. Einige schrille Schreie, dann herrschte gespenstische Stille.

Fuad Herri fand sich auf den Knien wieder, mit der Hand am Revolver. Attentat!, wollte er schreien. Wieder suchte jemand, sein Leben auszulöschen. Ihr Schweine, ich werde euch zur Strecke bringen, euch häuten, euch hängen, auf dass euch die Beine im Wind pendeln, in drei Teufels Namen, werde ich euch…

Allmählich klärte sich die Sicht. Fuad Herri stand auf. Die Bänke waren leer. Die Leute hatten sich auf den Boden geworfen, zwischen die tausenden Scherben von Fensterglas. Zwei Schüsse waren zu hören gewesen, und sie waren nicht von außen, sondern von innen gekommen. Und da stand – wie ein vom Sturm kahlgerupfter Mast einer Fregatte, verwirrt mit der rauchenden Pistole in der Hand – Luk Katundi.

Die Tür flog auf, und die Strukaner Wachen stürzten mit gezückten Waffen in die Kirche, doch Fuad Herri gebot ihnen mit einem kleinen Wink Einhalt. Die Abgeordneten kauerten noch immer auf dem Boden. Er hätte am liebsten verächtlich ausgespien: Steht doch auf, ihr feigen Hunde. Dann drehte er sich nach den Diplomaten um. Als ersten erblickte er Botschafter Harris, dessen Mimik wie immer undurchdringbar war. Neben ihm stand ein schockierter Grant.

Verdammt schade, dass die Schüsse nicht vom Feind gekommen waren. Es war bloß sein idiotischer Kriegsminister gewesen. Luk Katundi, das ist dein Ende. Mit diesem Schuss hast du meinen Plan vereitelt, und deine Karriere endgültig in den Sand gesetzt.

Fuad Herri sah sich nach Delina Gjadri um. Sie stand, das Gesicht weiß vor Entsetzen, gegen die Wand gelehnt. Er wandte sich an Dorotheus. Ihre hasserfüllten Blicke prallten aufeinander, dass die Funken stoben, ehe beide die Kirche hastig verließen.

16
DAS PARLAMENT TRITT ZUSAMMEN

Am Mittwoch nach dem Mordsonntag, es war der 9. April, war die Zeit der verordneten Staatstrauer vorbei und der Basar wieder geöffnet. Doch arbeiten mochte niemand. Die vergangenen Tage, die sie mit Gebeten und ohnmächtigem Warten zugebracht hatten, hatten die Menschen verstört.

Sehnsüchtig hatte man auf die von Dorotheus zelebrierte Messe am Dienstag gewartet. An diesem Tag sollte Tirana von den zwei Toten Abschied nehmen. Da würden alle die Schuld auf sich nehmen und Bußfertigkeit bekunden. Dann käme die inbrünstige Bitte um Vergebung, dann eine Wehklage, dann würden alle vor Gott dem Allmächtigen tiefe Demut geloben. Die Trostworte von Dorotheus, dem Seelenhirten, würden sich wie Balsam auf die Wunden legen.

Eben das war aber nicht geschehen. In der Kirche waren zwei Schüsse gefallen und hatten alle in die weit geöffneten Herzen getroffen. Seitdem herrschte eine hysterische Stimmung in der Stadt.

Niemand wusste, was genau passiert war. Manche behaupteten, der Kriegs- und Innenminister Luk Katundi habe Bischof Dorotheus töten wollen. Andere, dass der Kriegsminister eigentlich einen Föderierten aufhalten wollte, der sich in die Kirche eingeschmuggelt hatte, um Fuad Herri zu erschießen. Dann hieß es, Dorotheus sei der eigentliche Provokateur gewesen, weil er statt einer Totenmesse eine politische Kundgebung abgehalten habe. Und dann, dass es eigentlich Fuad Herris Leute gewesen wären, die den Bischof bis aufs Blut gereizt hätten.

Keno Efendi meinte dazu nur, ob so oder so, die Skipetaren haben sich, statt die Toten zu ehren, in Schande gestürzt. Trauer, Verständnislosigkeit und Angst machten sich breit. Wieder scharten sich die Menschen um die Gotteshäuser und murmelten Gebete.

Es sickerte durch, dass in der vergangenen Nacht der amtierende Premier Gafur Bey den Kriegsminister Luk Katundi entlassen hatte. Luk Katundi soll gewimmert und gewinselt haben, doch Gafur Bey hätte keine Entschuldigung gelten lassen. Er hätte ihn als Saufbold und Taugenichts beschimpft und eiskalt abserviert. Jetzt bestand die Regierung nur noch aus Zweien. Auch Dorotheus soll seinen Leuten die Leviten gelesen haben.

Das Parlament trat um zehn Uhr zusammen, und diesmal blieben die Türen offen. Weder Fuad Herri noch Dorotheus kamen. Am Mittag stürmte der Journalistenpulk ins Café International. Sich überschreiend, unterbrechend oder ergänzend, in Notizzetteln wühlend und die Details vergleichend, berichteten sie, was sich in der Vormittagssitzung zugetragen hatte.

Noch vor Eröffnung der Sitzung hatten sich die Deputierten beider Lager gegenseitig verhöhnt: »Warum sieht die Regierungsbank denn so leer aus? Da fehlt doch jemand, oder?«, »Wo bleibt unser werter Kriegs- und Innenminister? Ach, ist er unpässlich? Was tut ihm denn weh? Das Nasenloch? Oder eher der Buckel, wegen der Prügel von gestern Nacht?«

»Na, habt ihr euch wieder aufgerafft? Gestern in der Kirche ist euch doch das Herz in die Hose gerutscht! Jetzt seid ihr wohl wieder munter bei eurem gewohnten Geschäft, dem Krakeelen!«

Der Vorsitzende hatte mit einem Hammerschlag zur Ruhe gemahnt.

»Alle haben wir uns gestern blamiert«, hatte Dule Bey Maliqi den Streit beendet.

Als erster ergriff der Fraktionsvorsitzende der Opposition das Wort zu einer Beschreibung der Lage in den Gebieten, wo der Ausnahmezustand herrschte. »Liebe Freunde, viele unerfreuliche Meldungen aus den nördlichen Präfekturen haben uns erreicht. Es soll seitens der Ordnungskräfte viele Verstöße und Übertretungen gegeben haben.«

Er hatte sich das Monokel ins Auge geklemmt und las vom Blatt: »Ein Gendarm hat in Kruja irrtümlich drei Bauern verprügelt und sich hinterher, als er den Irrtum erkannt hatte, nicht entschuldigt. In Laç hat ein Feldwebel einen Bauern gezwungen, für ihn jede Menge Holz zu hacken; woanders hat ebenderselbe Ziegel gestohlen. In Thumana hat ein Reservekapitän zwei Männer gedemütigt, indem er sie den Knüppel küssen ließ, mit dem sie verprügelt wurden. In Lezha hat der Unterpräfekt, bloß um das Volk abzuschrecken, die Galgen mitten auf den Marktplatz aufstellen lassen, obwohl niemand gehenkt werden sollte. Ich warne die Verantwortlichen davor, das Volk zu quälen und zu peinigen! Wenn wir den Stolz dieser Menschen brechen, machen wir sie zu Lumpen.«

»Die Opposition will unsere tapfere Gendarmerie verunglimpfen«, schlug ihm aus den Reihen der Regierungspartei entgegen. »Das sind doch Einzelfälle, schwarze Schafe gibt es überall!«

»Einzelfälle? Das ist grotesk, euer Ausnahmezustand ist ein einziger Angriff auf die Demokratie«, sollen mehrere Oppositionelle gebrüllt haben.

»Was schlägt uns denn die Opposition anstelle des Ausnahmezustands vor?«, hatte Adnan Bey Gorica erwidert. »Ihr wisst doch, dass dieses Volk mit Demokratie nichts anfangen kann. Unter Freiheit versteht es Gesetzlosigkeit. Ihr wisst doch auch, dass dieses Bergvolk, das hier bemitleidet wird, die Straße des Nordens stellenweise unpassierbar gemacht hat! Diese Übeltäter sind Staatsfeinde, die nur darauf warten, dass wir einknicken, um dann unsere mühsam hergestellte Ruhe und Ordnung zu stürzen.«

»Das ist doch nur eine Friedhofsruhe!«

Da hatte der amtierende Premierminister, Gafur Bey, die Stimme erhoben: »Der Knüppel hat sich seit jeher gut bewährt. Wozu also das Gezeter? Der letzte Idiot weiß es. Zwei oder drei Hitzköpfe aufhängen, und schon kuscht die Meute.«

An dieser Stelle war die Opposition wie ein Mann brüllend über Gafur Bey hergefallen. »Das ist mittelalterliches Denken. Gewalt erzeugt nur Gewalt.«

»Habt ihr denn nicht bis gestern unsere Politik eifrig mitgetragen? Heute tut ihr so, als würde euch dieses Bergvolk Leid tun. Ihr wollt doch nur dem Staat Knüppel zwischen die Beine werfen.«

»Der Knüppel ist doch eher euer Geschäft, nicht unseres.«

Hier hatte Adnan Bey energisch durchgegriffen: »Die Opposition soll uns doch mal erzählen, was sie denn bitteschön für Maßnahmen ergreifen würde.«

»Ihr solltet gefälligst den Hut nehmen, das ist die dringlichste Maßnahme von allen«, hatte ihm der Fraktionsvorsitzende der Opposition entgegen geschleudert. »Ihr habt jämmerlich versagt, wir haben jetzt schon Tag drei. Wann werdet ihr die Täter schnappen? Wenn sie längst über alle Berge sind?«

Da war Dule Bey Maliqi der Kragen geplatzt: »Liebe Freunde, was hier gerade passiert, ist beschämend. Wir sind zu einem wilden Haufen von Streithähnen und Schreihälsen geworden. Mein Vorschlag ist deshalb, lasst uns dieses Tollhaus schließen und nach Hause gehen, so ersparen wir dem notleidenden Volk da draußen wenigstens unsere Gehälter.«

Hier hatte der Vorsitzende auf den Tisch gehämmert und die Sitzung für beendet erklärt. Zwei Journalisten schworen Stein auf Bein, dass es in einer Ecke des Saals zu Handgreiflichkeiten gekommen war.

Die Abenddämmerung hatte sich über die Stadt gelegt, als eine andere besorgniserregende Nachricht die Runde machte. Die Gendarmen hätten Pjetër Gjadri und seine Frau Delina auf der Straße zwischen Durrës und Tirana festgenommen! Die beiden sollen auf der Gendarmerie von Marikaj misshandelt worden sein!

Im Café International, bei Demi im Café Bristol und auch sonst überall in der Stadt hatte dieser Vorfall alle anderen Gesprächsthemen verdrängt. Eine Stunde später kamen neue Einzelheiten hinzu: Die Shkodranerin soll ganz allein gewesen sein, als die Patrouille ihre Kutsche aufgehalten habe. Sie hätte sich auf dem Weg zurück von einer Einladung bei der italienischen Botschaft in Durrës befunden.

Zu vorgerückter Stunde, als die Zungen vom Raki immer dicker wurden, nahm auch das Getuschel zu. Einige schworen hinter vorgehaltener Hand, dass aus den verschlossenen Fenstern der Botschaft Musik zu hören gewesen sei. Delina Gjadri soll mit den Italienern Tango und Foxtrott getanzt haben und völlig erhitzt gewesen sein, als die Gendarmen sie abfingen. In Dullas Café erzählte einer, dass die Gendarmen ihr Kleid mit den Bajonetten zerschnitten und sich die ganze Nacht mit ihr vergnügt hätten.

Im Café Bristol hatte diese Geschichte ebenfalls hohe Wellen geschlagen. Und auch nachdem sich alles als Lügengespinst eines besonders phantasiebegabten Gendarmen aus Marikaj entpuppt hatte, ging die Polemik leidenschaftlich weiter, diesmal war die Anwesenheit der schönen Frau bei der gestrigen Totenmesse das Thema. Die Gäste hatten sich in zwei Lager gespalten. Die einen verteidigten ihren Mut, die anderen beteuerten, dass sie, würde die Frau, die sich so verhalten hätte, aus ihrer Familie kommen, sie ihr sofort den Kopf abhacken würden. Keno Efendi bemerkte dazu nur: »Lange Haare, kurzer Verstand, kurze Haare, langer Verstand«, und ließ es dabei bewenden. Es blieb somit offen, welchen der beiden Standpunkte er befürwortete und welchen verspottete. Trotz der Nachfrage der Gäste und sogar des Wirtes blieb Keno Efendi störrisch und verweigerte bis zur Schließung des Cafés eine eindeutige Stellungnahme.

Völlig absorbiert von diesem Streit, war ihnen entgangen, was sich auf dem Platz in der Nacht zum Markttag am Donnerstag zugetragen hatte. Als die Bauern im Morgengrauen mit ihren Karren, beladen mit Reisig- und Heubündeln, Säcken mit Kartoffeln und Holzkohle, Hühnern und Gänsen, Zwiebelflechten, Ölbüchsen, Käsebeuteln, Butterfässchen, Eierkörben und Weinschläuchen ankamen, schaukelten ihnen hinter Kaplan Paschas Grabmal am Rande des Marktplatzes die Beine von drei an den Galgen hängenden Männern entgegen. Es waren die Mörder von der Straße des Nordens.

17
JULIUS GRANT BERICHTET NACH WASHINGTON

Legation of the
United States of America

Tirana, Albanien
12. April 1924

Betr: Mord an D.E. Marvin und G.C. DeBurgh
Streng vertraulich

An den ehrenwerten Herrn Außenminister,
Washington D.C.

Sir,
ich habe die Ehre, Ihnen mitzuteilen, dass die drei Mörder der Herren Marvin und DeBurgh in der Nacht zum Donnerstag, den 10. April, von Spezialeinheiten der Gendarmerie aufgespürt und erschossen worden sind. Ihre Leichen wurden in die Stadt gebracht und auf dem Marktplatz aufgehängt, ein hier nicht ungewöhnlicher Vorgang.

Hier also mein Protokoll der Ereignisse: Gleich am ersten Morgen nach dem Mord an Marvin und DeBurgh, am Montag, dem 7. April, kam der Vizeinnenminister, um mir zu verkünden, dass die Regierung sich zu einem außergewöhnlichen Schritt entschlossen hätte: Um die Aufklärungschancen zu erhöhen, würde auf Staatskosten (zirka 0,3 Prozent des Staatsbudgets für das Jahr 1924) aus Belgien ein Polizeihund mit seinem Führer herbestellt. Auf diese Idee sei Außenminister Adnan Bey Gorica gekommen, der hier als *der* Belgien-

Connoisseur gilt. Ihm zufolge soll die Polizei von Brüssel als einzige in Europa ein Dutzend bestausgebildeter Spürhunde besitzen, die bei besonders kniffligen Fällen eingesetzt werden. In zwei bis drei Tagen könnten sie hier sein. Auf meine Skepsis bezüglich der Plausibilität eines solchen Unternehmens hin versicherte er, dass die kleinste Spur genüge, da die Belgier als Meister der Abrichtung von Spürhunden gelten.

Der Verkehr auf der Drojabrücke (Tatort) war vollständig zum Erliegen gebracht worden. Mensch und Tier überquerten den Fluss mit Fähren oder nahmen gleich das Schiff nach Shkodra (Hafenstadt im Norden). Der Tatort war mit Planen abgedeckt worden und von Gendarmen bewacht. Auf meinen Einwand, dass wenn es einmal regnen sollte, dann 0,3 Prozent des Budgets für die Katz wären, entgegnete er mir: Wir beten alle zu Gott und vertrauen darauf, dass kein Tropfen fallen wird.

Gott hat sie wohl erhört. Die Witterungsverhältnisse konnten günstiger nicht sein; weder Regen, noch starker Wind oder große Hitze. Alles ist planmäßig verlaufen. Der Hund hat die Gendarmen zu den mutmaßlichen Mördern geführt.

Wie die sorgfältige Überprüfung des Gepäcks der beiden Mordopfer in Absprache mit ihren Verwandten in Amerika ergab, ist das Inventar ihrer Wertsachen und persönlichen Gegenstände vollständig – mit Ausnahme der Schuhe, die Herrn Marvin fehlten, und an den Füßen eines der Mörder entdeckt werden konnten (evt. ein Akt, der mit den heidnischen Riten des Bergvolkes zu erklären ist). Raub kann also als Motiv ausgeschlossen werden.

Alles spricht dafür, dass die drei auf dem Marktplatz Aufgehängten Bauern sind, was wiederum bedeuten würde, dass, wenn sie nicht zum Rauben gemordet haben, sie jemand dazu angeworben haben muss. Sie können somit nicht die Initiatoren der Tat, sondern nur die bloßen Vollstrecker gewesen sein. Das Mordmotiv wäre also politisch begründet, gemeint als eine offene Provokation in Richtung der Vereinigten Staaten von Amerika.

Aus diesem Grund ist die Aufklärung der Morde für die albanische Regierung von existentieller Bedeutung. Doch nach der ersten, hektischen Betriebsamkeit verharren die Behörden in offenkundiger Selbstzufriedenheit, obwohl sie schwerwiegende Fehler verschuldet haben, wie die vorzeitige Eliminierung der Täter. Der Vizeinnenminister (es muss betont werden, er ist ein Vertrauter Fuad Herris) behauptet, dass die drei Verbrecher Widerstand geleistet hätten und die Gendarmen in Notwehr geschossen hätten. Auch ein Gendarm sei bei der Schießerei tödlich getroffen. Seltsamerweise hat es bisher aber noch kein Begräbnis wie sonst für einen im Gefecht heldenhaft Gefallenen gegeben.

Im Regierungslager liegen die Nerven blank, wie der Zwischenfall in der orthodoxen Kirche, worüber ich Sie bereits ausführlich unterrichtet habe, eindrucksvoll veranschaulichte. Aber ich bin mir nicht sicher, ob dieser Regierung klar ist, wie viel sie im In- und Ausland aufs Spiel setzt, wenn sie die wirklichen Täter nicht findet. Sie würde damit ihre so mühsam erworbene Legitimation auf fatale Weise verspielen.

Zu meinem größten Bedauern stocken derzeit die Ermittlungen, weil der Chefermittler seine Demission eingereicht hat. Die Ernennung eines neuen Vorsitzenden der Ermittlungskommission ist im Moment unmöglich. In einigen Tagen geht das Parlament in eine achtzehntägige Ruhepause wegen dreier religiöser Feste, die dieses Jahr aufeinander folgen: das katholische Osterfest, eine Woche später das orthodoxe, dann Bajram, das Opferfest der Muslime.

Die nahezu komplette Stilllegung der Verwaltung während dieser Zeit könnte zu weiteren Engpässen der Versorgung führen, etwa mit Kohle für unsere elektrische Zentrale, was vor allem unseren Informationsaustausch (Telegraphenverbindung) negativ beeinflussen könnte. Um diesen oder anderen, immer wahrscheinlicher werdenden Unannehmlichkeiten vorzubeugen, ersuche ich um die Entsendung eines Zerstörers von unserer Marinebasis in Thessaloniki in albanische Gewässer, der in operativer Bereitschaft gehalten werden sollte.

Ihr ergebener Julius G. Grant

18
ENTSETZLICHER IRRTUM

Den ganzen Donnerstag über, es war der 10. April, hatte man die Leichen am Galgen hängen lassen. Die Menschen, die vorbeikamen blieben stehen und rührten sich nicht mehr von der Stelle, als hätten sie Wurzeln geschlagen, viele vergaßen dabei ihre vollbepackten Tiere. Es bildete sich eine Menschenansammlung, die bis zur Abenddämmerung, als die Gendarmen endlich die Leichen abschnitten und den Galgen abbauten, da stand und reglos ausharrte.

Die drei Toten waren die Söhne von Cim Huta aus Malibardh, einem Weiler bei Mamurras, siebzehn, achtzehn und neunzehn Jahre alt.

Man hätte sie nie gefasst, wenn man nicht den Polizeihund aus Belgien gehabt hätte. Einer der Toten trug die Schuhe des Amerikaners. An der Stelle eines Auges hatte er ein schwarzes Loch; das andere Auge stand halb offen, und es gab Neugierige, die sich ihm näherten, um seinen toten Blick einzufangen. Der Zweite schien zu lachen. Der Dritte zu weinen.

Der Anblick der verstümmelten toten Körper war kaum zu ertragen gewesen. Zumal die Mörder gar nicht wie solche aussahen, sondern wie ganz gewöhnliche Bauern, wie jene, die jeden Donnerstag ihr Gemüse und ihren Hüttenkäse auf den Markt brachten. Keiner konnte glauben, dass diese drei den Heiligen Kanun der Berge geschändet und damit ihren Stamm entehrt, ja das ganze Land an den Rand des Abgrunds gestoßen haben sollten. Waren die drei wirklich die Mörder? Hatten sie aus freien Stücken gehandelt? Oder waren sie vielleicht doch von anderen dazu angestiftet worden?

Wie auch immer, mit den Tagen beruhigte sich das Volk, das Leben kehrte in die Stadt zurück, und in den Gassen war wieder das übliche bunte Stimmengewirr zu vernehmen, bis die Nachricht, dass der Fahrer Dod Kakarriqi aus dem Koma erwacht sei, alle erneut aufwühlte.

In Dods Haus war die Freude unbeschreiblich. Die Kinder tanzten Ringelringelreihen, seine Frau puderte sich die Wangen rot. Mochten Dods Schädel und Hirn verletzt worden sein, im Kopf schien er völlig klar zu sein. Zwar konnte er auf einem Auge nicht sehen und auf einem Ohr nicht hören, doch reden konnte er, als ob ihm nichts passiert wäre. Als das Entzücken über Dods Wunderheilung etwas abgeebbt war, bewegte die Gemüter die wichtigste aller Fragen: Hat er vielleicht die Täter gesehen?

Bald tauchte eine Sonderkommission im Krankenhaus auf, um Dod zu befragen, obwohl der Arzt davon strikt abriet. Die Befragung ergab folgendes Ergebnis: Nachdem der Wagen auf der Brücke gehalten hatte, seien Schüsse gefallen. Die Amerikaner waren getötet und Dod wie durch ein Wunder nur leicht verletzt worden. Dann seien die Täter von den Hängen herabgeklettert, um Dod in die Mangel zu nehmen: »Wo ist die Kiste?«

»Welche Kiste?«

»Die Kiste mit dem Gold!«

»Es gibt keine Kiste!«

Sie hätten den Wagen durchsucht, und nachdem sie nichts gefunden hatten, hätten sie wüst geschimpft und geschrien: »Verdammt! Wir haben die Falschen erwischt!« Dann hatten sie ihre Wut an Dod ausgelassen und ihn mit dem Gewehrkolben mehrmals auf den Kopf geschlagen.

Die Falschen? Sollten die zwei unglücklichen Amerikaner etwa irrtümlich getötet worden sein? Waren diese Teufel auf Gold aus gewesen?

Ein Gerücht, das sich seit langem hartnäckig hielt, kam den Menschen wieder in den Sinn, über einen amerikanischen Millionär, einen Seifenfabrikanten, der, wie viele andere auch, meistens waren es

Prinzen aus europäischen Fürstenhäusern, der Einladung des Völkerbundes gefolgt sein soll, für den albanischen Thron zu kandidieren. Es hieß, der Mann hätte im Leben fast alles erreicht, bis auf seinen letzten großen Traum: ein Fürstentum zu besitzen. Nun, er hatte zwar kein blaues Blut, aber genug Geld, um nicht nur eins, sondern gleich zwei Länder wie Albanien aufzukaufen. Das Gerücht besagte weiter, dass er das große Geld in Amerika nicht mit Seife, sondern mit Alkoholschmuggel gemacht haben soll. Der amerikanische Millionär sei schon unterwegs nach Albanien, um zusammen mit seinem Bruder das Land seiner Träume endlich in Augenschein zu nehmen. Dabei wollte er angeblich Geld unters Volk verteilen, um die Herzen seiner künftigen Untertanen zu erobern. Möglich, dass die Banditen aus Malibardh die zwei Touristen für diese beiden reichen Brüder gehalten hatten.

Dod erholte sich sehr schnell, so dass man ihn bald auf einer Trage zum Leichenschauhaus brachte, um ihn die Leichen identifizieren zu lassen. Zum großen Erstaunen aller erklärte Dod aber: »Die waren das nicht. Das sind doch die Hirten aus Malibardh, die kenne ich. Die Mörder waren Baschibozuks, Freischärler in alten österreichischen Uniformen und mit schmierigen Filzkappen.«

Man fragte ihn: »Dod, bist du dir sicher?«

Dod antwortete: »Ich stehe mit einem Bein im Grabe, für Lügen habe ich keine Zeit.«

In Demis Café war niemand imstande, nicht einmal Keno Efendi, einen verzweifelten Gendarm zu beruhigen, der an der Operation mit dem Spürhund aus Belgien teilgenommen und sogar einen Tapferkeitsorden dafür bekommen hatte. Er erzählte, dass der Hund, als er auf der Drojabrücke die Spur aufnehmen sollte, etwas verwirrt und unruhig gewirkt habe. Er soll um sich selbst gekreist sein, sich in den Schwanz gebissen und am Ufermoos herumgeschnüffelt haben. Dann, nach einigem Zickzack, hätte er den Weg zum Hügel hinauf genommen. Zunächst hatte es den Anschein, als sei es der Pfad zum Sägewerk, dann aber war es der Anstieg zum Hirtenlager auf der Lichtung. Dort hatte man die drei Söhne von Cim Huta aus Malibardh aber nicht angetroffen, woraufhin ein Hauptmann gemeint hätte: Dann folgen wir ihnen eben bis in ihre Höhle, diesen Bestien.

Sie hatten das Haus umstellt und Cim zugerufen, er solle seine Söhne den Gendarmen übergeben. Dieser hatte, wie vom Kanun vorgeschrieben, vom Gattertor aus gesprochen: »Cim Huta liefert seine Söhne nicht kampflos aus!«

Die ersten Schüsse hatten die Gendarmen abgefeuert. Die zwei größeren Brüder wurden als erste tödlich getroffen. Der jüngste, der mit den Schuhen, hatte versucht, durch das Gebüsch zu fliehen, doch man hatte ihm in den Rücken geschossen, bis er umfiel und sich nicht mehr regte. Cims Frau hatte ihn beweint mit den Worten: »Diese Schuhe, die du so sehr liebtest, Sohn, waren verflucht. Ich habe dich angefleht, bring sie zurück, aber du hast nicht auf mich gehört. Jetzt bist du tot, und deine Brüder auch.«

»Ich will diese Medaille und das Geld nicht«, sagte der unglückliche Gendarm, während er sich weiter betrank. »Ich sagte denen, schaut euch das mal an. Der Mord ist schon über drei Tage alt. Selbst wenn der Hund japanisch statt belgisch gewesen wäre, kann er nach drei Tagen unmöglich Witterung aufnehmen. Unsereiner hier versteht auch was von Hunden. Zum Teufel mit dem Geld. Und die Medaille bringe ich gleich morgen zurück.«

Es gab keine Zweifel: Die drei waren nur unglückselige Hirten, die zufällig in der Nähe des Tatortes gewesen waren. Der jüngste hatte der Verlockung der guten Schuhe nicht widerstehen können – und das war ihnen allen zum Verhängnis geworden. Noch einmal fragte man Dod: Dod, leidest du etwa unter Hirngespinsten? Gekränkt schwor Dod diesmal auf die Seele seines Vaters.

Die Menschen in Tirana waren am Boden zerstört, und es half ihnen auch nicht mehr, dass sie es irgendwie geahnt hatten. Dabei soll etwas passiert sein, das man bis gestern für undenkbar gehalten hatte: Keno Efendi wären wegen der toten Hirten die Tränen in die Augen gestiegen.

Nun erwartete man, dass jener Hauptmann, der diesen fatalen Fehler gemacht hatte, zur Rechenschaft gezogen würde. Dass die wahren

Mörder der Amerikaner, die noch in den Wäldern frei herumliefen, gefasst und verurteilt würden. Was waren das für Baschibozuks? Dieser Abschaum gehörte an der Zunge aufgehängt, und zwar bei lebendigem Leibe!

Als in der Bucht von Durrës ein graues, riesengroßes Schiff auftauchte, das man, je klarer die Luft wurde, desto besser erkennen konnte, die Schiffstreppen, Taue, Ketten und Kanonen, da hatte man in der Mittagssonne auch die Flagge auf dem Mast klar erkannt: rote Streifen, mit einem blauen Quadrat in der Ecke. Das Banner der Vereinigten Staaten von Amerika! Ganz Durrës zitterte vor Angst und Schrecken.

Alle hatten geahnt, dass dieser Mord auf der Straße des Nordens einen wahren Sturm nach sich ziehen würde. In der Hauptstadt, im Regierungsviertel gab es reges Hin und Her. Das Parlament brach die Ferien ab und versammelte sich in größter Hast. Opposition und Regierung lieferten sich ein Wortgefecht, das heftiger und gehässiger war als jemals zuvor.

Es vergingen ein, zwei, drei Tage, aber es fielen keine Bomben oder Kanonenschüsse, wie man befürchtet hatte.

Eines Nachmittags kam einer aus den Bergen auf den Basar. Er brachte neue Nachrichten von der nördlichen Grenze. Dort soll ein serbischer Beamter, ein gewisser Lazarević, dabei ertappt worden sein, wie er die Steinpyramiden, die tagsüber von der Grenzkommission aufgestellt würden, nachts in die Schluchten hinunterstieß.

»Amerikanische Bomben?«, sagte er nachdenklich. »Das ist doch gar nicht der Rede wert. Ein paar Bomben können ein paar Löcher in ein Dach schlagen, und es wird hineinregnen. Doch was wird, wenn ein Haus ohne Zaun bleibt und von der gierigen Meute aus Serbien angegriffen wird?«

19
DES RÄTSELS LÖSUNG

Legation of the
United States of America

Tirana, Albanien
19. April 1924

Betr.: Mord von D.E. Marvin und G.C. DeBurgh
Aktuelle politische Lage in Albanien
Streng vertraulich

An den ehrenwerten Herrn Außenminister
Washington D.C.

Sir,
ich habe die Ehre, Ihnen mitzuteilen, dass unser Sekretär Tyler Gelegenheit erhalten hat, sich mit dem schwer verletzten Chauffeur, unserem bislang einzigen Augenzeugen, zu unterhalten.

Der behandelnde Arzt meint, die Tatsache, dass dieser noch lebt und das Bewusstsein wieder erlangt hat, sei aus medizinischer Sicht ein unerklärliches Phänomen, ein Wunder. Tyler, der einen Studienabschluss in Psychologie der Hopkins University hat, hat sich jedoch davon überzeugen können, dass die Kopfverletzung das Denk- und Erinnerungsvermögen des Zeugen nicht beeinträchtigt hat.

Als Quintessenz dessen, was er zu Protokoll gegeben hat, lässt sich folgendes wiedergeben: Nach der Schießerei seien die Mörder den Hang heruntergeklettert und hätten den Wagen nach Geld durchsucht. Als sie nichts fanden, hätten sie bemerkt, dass sie einem Irrtum aufgesessen sind. Die Herren Marvin und DeBurgh, und damit gebe ich nicht nur meine persönliche Überzeugung, sondern die meines ganzen Stabes wieder, haben sich einfach zur falschen Zeit am falschen Ort befunden. Jemand anderes wurde an diesem Tag mit dem Automobil auf der Straße des Nordens erwartet. Und zwar der Gesandte des Völkerbundes, der Schweizer Professor Eugène Martignac, den ich schon einige Male bei verschiedenen offiziellen Anlässen in Tirana gesehen habe. Bisher hatte ich aber noch nicht die Gelegenheit zu einer Unterredung mit ihm.

Professor Martignac reist als Emissär des Völkerbundes, Hilfslieferungen für die hungerleidende Bevölkerung des albanischen Nordens betreffend. Es kursierte das Gerücht, dass der Professor 50 000 Franken in Gold für die Stammesführer des Nordens mitbringen würde, damit diese Mais aus Bessarabien kaufen könnten. Offensichtlich ist er aber von den Shkodranern bezüglich der Gefahren auf der Straße des Nordens gewarnt worden, und hat deshalb kurzfristig seine Reiseroute geändert, indem er direkt mit dem Schiff nach Shkodra gereist ist. Dies aber wussten die Mörder nicht. Über die Straße des Nordens fährt durchschnittlich ein Automobil am Tag, vom Lastwagen einer im Wald von Mamurras tätigen deutschen Forstgesellschaft einmal abgesehen. Unter diesen Umständen wird der Irrtum der Mörder nachvollziehbar.

Der Schluss, den ich zu diesem Zeitpunkt zu ziehen wage, ist: Marvin und DeBurgh sind Opfer einer Verwechslung geworden. Alles war nur ein tragischer Zufall, wie das ganze unglückliche Albanien-Abenteuer der beiden Herren. wäre der Fall für uns abgeschlossen.

Bestimmte Ereignisse der letzten Wochen an der Nordgrenze haben mich aber veranlasst, die ganze Angelegenheit weiterreichenden Betrachtungen zu unterziehen: Der serbische Delegierte der Internationalen Kommission zur Festlegung der serbisch-albanischen Grenze hat bei der Botschafterkonferenz Beschwerde eingereicht. Der Gegenstand der Auseinandersetzung ist ein Berghang, der vom nördlichen Nachbarstaat begehrt, aber von Albanern bewohnt wird. Seit einer

Woche pausieren die Landvermesser und Juristen. Die Arbeit kann erst nach einem Beschluss der Botschafterkonferenz dazu wieder aufgenommen werden. Aber das könnte sich über Monate hinziehen.

Nach den vertraulichen Mitteilungen, die ich von der hiesigen Repräsentanz des Völkerbundes erhalten habe, hatte die Reise von Professor Martignac neben dem offiziellen Zweck der Inspektion der Hungergebiete, auch einen inoffiziellen: Es sollten die Bedingungen für einen Kredit für Albanien vor Ort geprüft werden.

Würden diese Geldmittel, um die Albanien seit langer Zeit händeringend ersucht, gewährt, bedeutete dies für die chauvinistischen Kräfte der Nachbarstaaten, die immer noch darauf hoffen, Albanien liquidieren zu können, eine entscheidende Niederlage. Hingegen würde das erneute Scheitern des albanischen Begehrens sie ihrem Ziel einen großen Schritt näher bringen.

Um die Stimmung gegen Albanien aufzuheizen, wäre die Ermordung des Emissärs des Völkerbundes in Albanien gleich zu Beginn seiner Reise förderlich. Das würde den Ruf der Albaner als einen Haufen von Banditen endgültig festigen. Die Einschätzung, dass Albanien nicht regierungsfähig sei und eine ständige Bedrohung für die Nachbarvölker darstelle, wäre damit gestärkt.

Es verdichten sich daher die Hinweise, dass der Mord auf der Straße des Nordens ein Werk der Geheimdienste der Nachbarstaaten ist.

Als Handlanger haben sie albanische Freischärler benutzt. Diese werden von einigen Notabeln der Regionen des Nordens angeführt, welche sich der Eingliederung in den neuen Staat widersetzt haben und in den Bergen und Wäldern leben (der Wald von Mamurras, wo der Doppelmord begangen wurde, bietet wegen seiner Dichte ein relativ sicheres Refugium). Sie haben noch lange nicht den Kampf um ihre verlorene Stellung aufgegeben und verüben immer wieder Anschläge, um politische Umwälzungen auszulösen. Sie begehen in der Regel keine ordinären Straftaten, doch vermutlich sind sie mit dem Gold, das der Professor angeblich im Gepäck hatte, geködert worden, denn ein Schatz in dieser Größenordnung kann militärisches, sprich politisches Gewicht bedeuten.

So erweitert sich der Kreis, innerhalb dessen wir nach den Verantwortlichen des Verbrechens suchen sollten. Falls sich der Verdacht erhärten sollte, dann müssten die Vereinigten Staaten und der Völkerbund rasch Konsequenzen ziehen und eine gemeinsame, länderübergreifende Ermittlungsaktion in der Region starten.

Die albanische Regierung wird jedoch keinesfalls von ihrem Teil der Verantwortung entlastet.

Es ist in Tirana ein offenes Geheimnis, dass Fuad Herri, im Rahmen seiner – hoch umstrittenen – Befriedungspolitik im Bergland Beziehungen zu den Freischärlerbanden unterhält und mit ihnen Verhandlungen führt. Doch schon seit einiger Zeit befürchtet die Opposition, dass Fuad Herri die Rebellen dazu benutzt, schmutzige Arbeit für ihn zu erledigen, etwa die Einschüchterung oder gar Kaltstellung politischer Gegner. Die übereilten Aktionen zur Ergreifung der Mörder gleich nach der Tat sollten die amerikanische Regierung ruhig stellen. Gleichzeitig versuchte Fuad Herri mit der vorschnellen Tötung der mutmaßlichen Mörder die Spuren seiner Verstrickungen mit den Banden zu verwischen, so die Vermutungen aus oppositionellen Kreisen. Diese werden auch von einer neuen, äußerst makabren Erkenntnis unterstützt: Nach der Aussage des Chauffeurs Dod Kakarriqi waren die drei getöteten Tatverdächtigen völlig unschuldige Hirten.

Die Lage in Tirana ist dieser Tage sehr angespannt. Im Volk wachsen Unzufriedenheit und Besorgnis. Man erwartet allgemein eine weitere Verschärfung des politischen Klimas. In den kommenden Tagen ist mit neuen Verwerfungen zu rechnen. Unsere telegraphische Kommunikation ist weiterhin prekär. Es scheint mir insofern sinnvoll, den Zerstörer Bulmer bis auf Weiteres vor der albanischen Küste patrouillieren zu lassen.

Ihr ergebener Julius G. Grant

20
AUSNAHMEZUSTAND

Dod Kakarriqi starb zwei Tage, nachdem er aus dem Koma erwacht war. Dod wäre der einzige Anständige in dieser ganzen Angelegenheit gewesen; aus dem Jenseits sei er sogar zurückgekehrt, um die armen Hirten vor der Schande zu retten. Alle anderen hätten versagt – Keno Efendi hielt mit seiner Meinung nicht hinterm Berg.

So waren weder die Verantwortlichen für die irrtümliche Tötung der Hirten noch die wahren Mörder der Amerikaner gefunden, geschweige denn bestraft worden. Das Volk hatte im Gegenteil den Eindruck, dass niemand mehr nach ihnen sucht. Man fragte sich: Was für einen Sinn macht der Ausnahmezustand noch? Die Baschibozuks schien er völlig unbeeindruckt zu lassen. Noch ließ die Bevölkerung der Berge die Repressalien über sich ergehen, aber für wie lange noch? Alle befürchteten, dass es einen neuen Aufstand geben könnte.

Kein einziger Staatsvertreter ließ sich bei Dods Beerdigung blicken. Der Trauerzug zum katholischen Friedhof führte durch das Regierungsviertel. Es herrschte gespenstische Stille, aber es fühlte sich an wie die Ruhe vor dem großen Sturm.

Es kamen die Eisheiligen. Die schwarzen Wolken, die vom Westen aufgezogen waren, prallten gegen den Berg Dajti, verfingen sich in den Baumkronen und schütteten alles Wasser aus ihren Bäuchen auf das Land. Drei Tage und drei Nächte goss es wie aus Kübeln. Der Boden wurde durchtränkt, man watete kniehoch im Schlamm, es wurde hundekalt. Ein letztes Aufbäumen des langen, schweren Winters.

Jetzt wünschte man sich sehnlichst die Wärme der Sonne, damit sie die Gemüter besänftige. Doch der kluge Keno Efendi warnte: Ihr wisst doch, dass alle Kriege im Sommer geführt werden; in der Hitze erst kocht dem Mann das Blut in den Adern.

Allzu bald sollten sich seine Worte bewahrheiten. Am Morgen des katholischen Ostersonntags brannte die Sonne so stark vom Himmel, dass Keno Efendi seinen Wintermantel ablegte. Ganz Tirana schwärmte durch die noch mit Schlamm bedeckten, dampfenden Straßen, als aus der Richtung der Alten Moschee mehrere Schüsse zu hören waren: Auf den Chef der Föderation Frieden war geschossen worden. Er kam schwerverletzt ins Krankenhaus.

Der Attentäter war den Gendarmen über den Bami Friedhof entwischt. Alle wussten, entweder war es die Rache Fuad Herris für das Attentat auf ihn vor zwei Monaten oder es war die Rache des Hauses Tirana für den vom Föderations-Chef vor vier Jahren in Paris mit eigenen Händen ermordeten Idajet Pascha.

Man munkelte, dass der Vorsitzende der Föderation sich in Albanien nicht mehr sicher gefühlt habe, er war abgetaucht und wollte offensichtlich das Land verlassen. In seiner Hosentasche war der Reisepass mit einem Visum sowie einem Ticket für die Dampferüberfahrt nach Amerika gefunden worden. Wahrscheinlich hatte ihn jemand verraten, als er gesehen hatte, wie er die amerikanische Botschaft verließ.

Beim städtischen Krankenhaus hatten sich die Föderierten versammelt und hielten bei ihrem schwerverletzten Anführer Wache. Mal hieß es, er würde sie auf ihren letzten gemeinsamen Kampf einschwören, mal, dass er nicht mehr bei Bewusstsein sei.

Das Krankenhaus wurde zum Pilgerort. Die Zeitung Frieden hatte ihre Redaktion ans Krankenbett verlegt. Von dort kamen üble Vorwürfe und Hasstiraden gegen Fuad Herri, obwohl der Verdacht gegen ihn noch nicht erhärtet werden konnte. Es gipfelte in der dunklen Drohung: »Wenn unser Vorsitzender stirbt, werden wir ganz Tirana in Brand stecken.«

An dem Morgen, als der Tod des Föderations-Vorsitzenden bekanntgegeben wurde, bildete sich vor dem Krankenhaus eine endlose Schlange. Im Lyzeum Skanderbeg wurde der Unterricht abgebrochen, die Schüler versammelten sich im Hof, wo einige Lehrer sie mit feurigen Reden aufhetzten. Von dort schwappten die Proteste auf die ganze Stadt über. Vor dem Alten Serail, Fuad Herris Residenz, blieben Scharen von jungen Leuten stehen, buhten und schrien: »Nieder mit den Meuchelmördern«. Bis spät in die Nacht zogen sie durch die Straßen mit Fackeln in den Händen.

Um einer Ausweitung der Unruhen vorzubeugen, vor allem bei den ängstlich erwarteten Begräbnisfeierlichkeiten, kam das Parlament eilends zusammen und erließ mit knapper Mehrheit ein außerordentliches Dekret: »Gegen die Gefährdung des öffentlichen Friedens«. Der Ausrufer verkündete die neuen Beschlüsse: »Alle Begräbniszeremonien mit mehr als nur den engsten Verwandten sind auf unbestimmte Zeit per Gesetz verboten.«

Wie immer garnierte der Ausrufer den vorgeschriebenen Text mit seinen ureigensten Erläuterungen: »Für Zuwiderhandelnde setze es Prügel, auf dass der Rücken ebenso weich werde wie der Bauch.«

Fest entschlossen, einen Trauerzug zu verhindern, bewachten die Gendarmen das Leichenschauhaus. Die Jugend, vor allem die Internatsschüler vom Land, wollten sich dem nicht beugen und versuchten, sich einen Weg zu bahnen. Es begann ein rüdes Gerangel, zwei Stunden dauerte die Rauferei. Danach war der Platz übersät mit Schuhen, Mützen, Fahnenfetzen, Blutflecken und Glasscherben.

Am Abend lag die Stadt wie ausgestorben, die Straßen waren leergefegt.

Am nächsten Morgen hatten die Menschen erst spät die Straßen wieder bevölkert. Nur, Keno Efendi, der immer mit den Lerchen aufstand, war sofort aufgefallen, dass im Gegensatz zu den sonstigen Tagen kein einziger Oppositionsabgeordneter im Café International saß. Wo waren sie geblieben? Waren alle im Gefängnis?

Kurze Zeit später wurde beobachtet, wie der Totengräber, seinen Klumpfuß hinter sich her ziehend, auf den Marktplatz hechelte: Die Leiche war verschwunden!

Stück für Stück konnte man rekonstruieren, dass die Föderierten ihren toten Anführer aus dem Leichenschauhaus gestohlen, ihn zum Meer und in ein Boot gebracht hatten. Sie wollten ihn woanders bestatten lassen, mit all den Ehren, die ihm Tirana versagte. Mit ihnen waren auch Dorotheus und die anderen Abgeordneten der Opposition verschwunden. Noch wusste niemand wohin.

Ein Uhrmacher, der gegen Abend nach Tirana kam, brachte dann Gewissheit: Die Leiche war wohlbehalten in Vlora, der Hochburg der Opposition, eingetroffen. Die Föderierten hatten die wenigen Gendarmen dort bedroht und die Stadt in ihre Gewalt gebracht. Mit großem Trauergeleit seien sie durch die Straßen gezogen und hätten bei der Moschee, bei der orthodoxen und der katholischen Kirche und sogar bei der Synagoge Halt gemacht. Es hatte leidenschaftliche Reden, Trauergesänge, viel Rotz und Tränen sowie Racheschwüre über dem offenen Grab gegeben.

Das alles kannte man, es war das übliche Spektakel der Föderierten, beunruhigend war aber, dass Dorotheus und alle anderen Abgeordneten der Opposition sich mit ihrer Rückkehr so viel Zeit ließen. Denn ohne sie konnte das Parlament nicht arbeiten. Wohl wissend, dass man sie brauchte, machte Dorotheus ein Friedensangebot: Sie würden zurückkehren, und die ganze Angelegenheit als Blutrache zwischen zwei Privatpersonen abtun, unter der Bedingung, dass das Kabinett, das nur noch aus Gafur Bey und Adnan Bey bestand, um zwei ihrer Leute ergänzt würde.

Als Gafur Bey, der amtierende Premier, das während einer Familienfeierlichkeit hörte, soll er sich derart vor Lachen geschüttelt haben, dass er fast am Kebab erstickt sei. Er soll gekrächzt haben: »Mit *wem* bitteschön sollen wir die Macht teilen? Mit Amerikas Tellerwäschern?«

Die Reaktion der Opposition ließ nicht lange auf sich warten: Der Volksmund weiß es längst: Gescheite Beys und grüne Pferde gibt es nicht. Es war eure letzte Chance! Jetzt betet zu Gott, wenn ihr einen habt!

Im Mai erschien endlich eine neue Ausgabe von Amerikas Albaner, das einzige Blatt, das seine Redaktion in den aufrührerischen Süden verlegt hatte: »Wir haben die Opposition zu unserer heiligen Mission erklärt«, schrieb Dorotheus, »denn immer müssen sich Leute finden, die die Ideen der Zukunft in der Gegenwart predigen. Doch heute erklären wir diese Mission für beendet: Ideen sind nicht mehr genug, die Geschichte verlangt nach Aktion!«

Wenn es jemanden gab, der diese Sätze nicht ernst nahm, der wurde eines Besseren belehrt, sobald er umblätterte. In fetten Buchstaben stand dort geschrieben:

Gen Tirana, gen Tirana, wir marschieren gen Tirana!

21

JULIUS GRANT DROHT MIT DEMISSION

Legation of the
United States of America

Tirana, Albanien
10. Mai 1924

Betr.: Politische Situation in Albanien
Streng vertraulich

An den ehrenwerten Herrn Außenminister
Washington D.C.

Sir,
ich habe die Ehre Ihnen mitzuteilen, dass nach dem Tod des Vorsitzenden der Föderation Frieden (worüber ich Sie im vorigen Bericht ausführlich unterrichtet habe), die Lage im Land bedrohlich geworden ist. 23 Abgeordnete der Opposition haben sich in separatistischer Absicht in die kleine Stadt Vlora im Süden des Landes abgesetzt. Dort haben sie sich zu einem zweiten politischen Zentrum organisiert. Aus der ersten Versammlung im Stadttheater, wo das »provisorische Parlament« untergebracht ist, haben sie der Regierung ein Ultimatum gestellt, worin sie sie auffordern, zurückzutreten, andernfalls würde es zu einer militärischen Auseinandersetzung kommen, genauer: Sie drohen mit einem Marsch auf Tirana.

Die Ziele von Bischof Dorotheus, dem Anführer der Revolte, können als honorig angesehen werden, die Methode aber, die er gewählt hat, ist in den hiesigen diplomatischen Kreisen höchst umstritten. Andererseits wäre Dorotheus' Vorgehen ohne die Mitwirkung seines Gegenspielers Fuad Herri nicht denkbar.

Ich hege den Verdacht, dass beide Parteien von vornherein wussten, dass die benachbarten Geheimdienste beim Mord auf der Straße des Nordens ihre Hände im Spiel hatten. Noch immer wird darüber Stillschweigen gewahrt. Regierung wie Opposition scheinen an einer Aufklärung nie wirklich interessiert gewesen zu sein. Viel mehr benutzten sie das Verbrechen im gegenseitigen Machtkampf. Ein Waffengang scheint nur noch eine Frage der Zeit zu sein.

Die Zentralverwaltung funktioniert kaum noch. Die Aufständischen sind dabei, sich weiter zu vernetzen. Ein Befehlszentrum der Rebellen ist im hohen Norden entstanden, ein anderes im tiefen Süden. Tirana liegt in der Mitte, in einer Zange, die sich allmählich schließt. Die Regierung hat Reservisten und Freiwillige einberufen und mit Waffen und Munition ausgestattet, aber die Hälfte der Hauptstadtgarnison ist bereits desertiert. Das Gespenst des Bürgerkrieges geht um.

Währenddessen werden von jenseits der Grenzen Truppenbewegungen gemeldet. Die Nachbarn, Serbien und Griechenland, scheinen sich der inneren Vorgänge in Albanien völlig bewusst zu sein. Sie haben Armeeverbände an die Grenzen verlegt und halten diese einsatzbereit. Es soll sogar Scharmützel mit albanischen Grenzwächtern gegeben haben.

Der Geheimvertrag der Friedenskonferenz von 1921 übertrug, wie Sie wissen, Italien das Mandat zur Abwehr des damals befürchteten Notstands in Albanien, als da sind: innere Unruhen, bedrohte Grenzen, das Unvermögen, sich selbst zu schützen. Aus Rom ist zu erfahren, dass die italienische Kriegsmarine sich auf den Einsatz in den albanischen Gewässern vorbereitet. Doch Italien befindet sich zu den direkten Nachbarn Albaniens in offener Feindschaft und wäre somit für diese Aufgabe denkbar ungeeignet.

Erlauben Sie mir, an dieser Stelle meine Empfehlung für eine amerikanische Intervention vorzubringen. Unsere Neutralität und unser moralisches Kapital würden sich für alle Parteien in der Region segensreich auswirken. Mein Vorschlag wäre daher, dass ein Teil unserer Mittelmeerflotte von Thessaloniki sich zu einer Machtdemonstration vor der albanischen Küste bereit hält.

Es ist ohne Zweifel so, dass es nicht zu den Kernaufgaben der Vereinigten Staaten von Amerika gehört, als Friedensgarant auf dem Balkan aufzutreten. Aber im Falle, dass die Nachbarmächte Albanien überfallen und die internationalen Verträge zu brechen drohen, können wir nicht tatenlos zusehen. Wir können nicht zulassen, dass feindliche Armeen in eine Hauptstadt einmarschieren, in der ein amerikanischer Repräsentant residiert!

Aus diesem Grund verknüpfe ich diese Forderung mit der Zukunft meiner Mission in Tirana. Im Falle, dass mein Ansinnen zum Schutz der Integrität und Souveränität Albaniens keine Zustimmung findet, betrachten Sie dieses Schreiben als mein offizielles Rücktrittsgesuch.

Ihr ergebener Julius G. Grant

22
DIE REVOLTE BRICHT AUS

Alles Entscheidende geschah dieser Tage nicht in Tirana, sondern außerhalb. Doch alles, was außerhalb passierte, drehte sich um die Hauptstadt. Waren die Tiraner Journalisten noch bis gestern diejenigen gewesen, die das Land mit den aufsehenerregenden Nachrichten versorgten, so warteten sie heute darauf, dass irgendwelche Korçaren oder Shkodraner sie mit neuesten Meldungen fütterten.

Durrës war nah, daher erreichte die Nachricht, dass dort noch ein Kriegsschiff aufgekreuzt war, nach kurzer Zeit Tirana. Diesmal hatte ganz Durrës auf den Stani-Hügeln Zuflucht gesucht. Die Panik hatte auch Tirana ergriffen, was Keno Efendi zu der Bemerkung veranlasste: Habt ihr denn noch eure fünf Sinne beisammen? Nicht Amerika ist unsere Krux.

Das Schiff, dessen Bordwand mit »MacLeash« beschriftet war, war wohl aus friedlichem wie auch traurigem Anlass gekommen. Es hatte die Brüder von DeBurgh und die Ehefrau von Marvin an Bord.

Am Ende der feierlichen Übergabe der Urnen im Hafen von Durrës ereignete sich Dramatisches: Nini Komneni, der junge Mann, der die beiden Unglücklichen nach Albanien begleitet hatte, verlor den Verstand. Während der Zeremonie verhielt er sich still, zitterte aber am ganzen Leib. Dann plötzlich verdrehte er die Augen und sprang mit einem gellenden Schrei ins Wasser – manche meinten, um sich umzubringen; andere, um das sich entfernende Schiff schwimmend zu erreichen. Sie hatten ihn halbtot aus den Fluten gezogen.

Die Regierung versuchte indes Entschlossenheit zu zeigen. Nach Dorotheus' Kriegserklärung trat das Parlament oder das, was davon übrig geblieben war, zusammen und beschloss, den Ausnahmezustand aufs ganze Land auszuweiten. Doch die Befehlsgewalt hatte sich bereits nahezu aufgelöst. Überall hatten irgendwelche übereifrigen Unteroffiziere die Sache in die Hand genommen. Alle fragten sich, wo die hohen Offiziere, die Hauptleute und die Majore geblieben waren. Gerüchte machten die Runde, die wackeren Feldwebel Azis Qorri und Taf Lleshi hätten sich auf die eine Seite geschlagen, während auf der Gegenseite die getreuen Korporale Ram Samari und Mihal Velenxa bereit stünden. Es kursierten sogar Fotografien, die sie in heldenhafter Pose, mit unerschrockenem Blick, hochgezwirbelten Schnurrbärten und Patronengürteln quer über Brust und Bauch zeigten.

Man wusste nicht, sind sie unser Heil oder sind sie unser Übel? Mit politischer Überzeugung jedenfalls hatte deren Entscheidung, auf welcher Seite sie kämpfen wollten, wenig zu tun. Sie ergingen sich in endlosen Tiraden gegen ihre Vorgesetzten, und trachteten bei jeder Gelegenheit danach, alte Rechnungen zu begleichen. Und da sie meist vom Lande kamen, hegten sie gegen die Städte, vor allem gegen Tirana, großen Groll. Man musste befürchten, dass alles in blinden, blanken Hass umschlagen würde. Und diese Leute waren schwer bewaffnet!

Und das war noch nicht das Ende der Schreckensmeldungen: Auch die echten Banditen wollten mitmischen. Auf Dorotheus' Seite standen die namhaften Räuber Nuz Veremi und Sheme Hajduti sowie ein gewisser Dilaver, genannt »der Metzger«. Auf der Seite Fuad Herris fanden sich die berüchtigten Wegelagerer Vath Beqo und Shaqo Llapi sowie ein gewisser Dik von Duk aus Gropa. Sie hätten die Feuerwaffen geölt und in die Hände gespuckt, mit dem todernsten Schwur, Albanien so gründlich abzufackeln, dass der Rauch bis über Bagdad hinaus zu sehen wäre.

Durstig wie nie zuvor wollte man Keno Efendi anhören. Doch selbst er fand keine Worte mehr. Dies wurde allseits als besonders böses Omen gewertet.

Tirana war wie gelähmt. Immer mehr Händler ließen die Rollläden geschlossen. Die Schulen waren schon seit langem dicht. Die Besitzer der Häuser entlang der großen Straßen verstärkten die Mauern mit Sandsäcken und verriegelten Fenster und Tore. Tirana schien zu schrumpfen, als wollte es sich unsichtbar machen. Die Verteidigungsmaßnahmen liefen auf Hochtouren. Es wurden Sperren an den Pässen von Tujan und Shijak errichtet, Gräben ausgehoben, Stacheldrähte gespannt, Fallen aufgestellt.

Ungeachtet der Durchhalteparolen, die sie verbreiteten, sollten sich Gafur Bey und Adnan Bey schon aus dem Staube gemacht haben. Allein Fuad Herri blieb standhaft und hatte sich mit seinen Strukanern im Alten Serail verschanzt.

Das Parlament indes tagte unbeeindruckt weiter, zur letzten Sitzung waren sieben Deputierte erschienen. Dule Bey Maliqi hatte vorgeschlagen, dass ein letzter »Appell an die Vernunft« an die beiden Hitzköpfe gerichtet werden sollte. Aber Fuad Herri hatte die von Dule Bey persönlich angeführte Gruppe, die beharrlich an die Pforte des Alten Serails pochte, nicht empfangen. Er hatte durch seine Wachen ausrichten lassen, dass ein Mann sich nicht lebendigen Leibes ergibt, ganz so wie der Kanun es verlangt.

Bischof Dorotheus soll, als er das Telegramm mit dem Appell erhalten hatte, in ein so donnerndes Lachen ausgebrochen sein, dass die Wände gewackelt hätten. Dann hätte er gesagt: »Albanien wird der Geschichte gerecht, oder es wird gar nicht.« Danach soll er stundenlang Geige – manche meinten Oboe – gespielt haben.

An beiden Fronten begann die Mobilmachung überaus schleppend. Kaum hatte man die Bauern auf dem Dorfplatz zusammengetrieben, da verdrückte sich auch schon wieder die Hälfte. Es war Erntezeit, und die Menschen fürchteten, dass die Ernte, die in diesem Jahr, den Göttern sei Dank, reich zu werden versprach, auf den Feldern verrotten würde und ein neues Hungerjahr die Folge wäre.

Schließlich hatte der Zerfall auch die Grenztruppen erreicht, die Soldaten hatten einfach ihre Wachposten verlassen. Die Ältesten der südlichen Grenzdörfer hatten Alarm geschlagen: Griechische Truppen sollen hochgerüstet auf der anderen Seite der Grenze bereit stehen, um wie im Jahr 1914 einzufallen. Ähnliche Rufe kamen auch von der Grenze des Nordens. Nun konnte man nur noch hoffen, dass das Bergland nicht alle seine Waffen abgegeben hatte, damit sie sich selbst verteidigen konnten. Denn sonst Gnade uns Gott!

Jetzt gab es kein Zurück mehr. Die Geister, die sie, Fuad Herri und auch Dorotheus riefen, wurden sie nicht mehr los: die Feldwebel, die Banditen, die Neider, die Zwerge, die Hochstapler, die Glücksritter, die Taugenichtse und die Glücklosen. Deren Hass auf diese Welt, die es nicht gut mit ihnen gemeint hatte, war nicht mehr aufzuhalten. Für sie war die Stunde der Rache gekommen.

23
KEIN ÖL

Auf dem Rücksitz seines Fords, unter den tiefen Strahlen der Spätnachmittagssonne, las Grant noch einmal die Einladung des britischen Botschafters: »Ich lade Sie ein zum Gespräch, denn das Gespräch ist des Diplomaten täglich Brot. Machiavelli sagte einmal, jeder sieht, was du zu sein scheinst, aber nur wenige fühlen, wie du bist...«

Gedankenverloren spielte er so lange mit dem Papier herum, bis es ganz zerknüllt war. Jene Zeilen klangen verzwickt oder hintergründig, aber sie waren nichts von alledem. Es war wirklich eine Einladung zur Versöhnung. Freilich hatte sich Harris den kleinen Seitenhieb mit dem Machiavelli-Zitat nicht nehmen lassen.

Vor kurzem waren die Forschungsergebnisse dreier voneinander unabhängiger Institute veröffentlicht worden, die übereinstimmend ergaben, dass die albanischen Ölvorkommen eher bescheiden waren und ihre Förderung zudem alles andere als leicht.

Plötzlich stand die Welt Kopf, und der britische Botschafter machte ein Friedensangebot. Zurück zum alten brüderlichen Verhältnis. So simpel war das. Grant war bereits unterwegs nach Durrës, um gemeinsam mit seinem erbittertsten Rivalen der letzten fünfzehn Monate das Kriegsbeil zu begraben. Fünfzehn Monate, die ihm wie fünfzehn Jahre vorkamen. Die er jetzt mit einem Schlag hinter sich lassen musste. Denn der Casus belli hatte sich über Nacht in Luft aufgelöst.

Sollte das Ende eines Krieges nicht ein befreiendes Erlebnis sein?

Aber ihm war trauriger denn je zu Mute. Mehr als ein Jahr seines Lebens für nichts und wieder nichts. Und es gab niemanden, dem er dafür die Schuld geben konnte.

Kein Öl. Es war zum Heulen und zum Lachen zugleich.

Sein Wagen überquerte die große Brücke, das Tor zur Inselstadt Durrës. Der Ausblick war grandios. Die Lagune rechts, das Meer links, die Stadt am Hügelhang. Ein überaus reicher, geschichtsträchtiger Ort. Cicero soll sich hier aufgehalten haben, auf dem Weg ins Exil, Caesar und Pompeius jeweils mit ihren Truppen etwas weiter südlich gelandet sein, als sie gegeneinander in die Schlacht zogen.

Da sah man schon die Uferpromenade mit den Oleanderbäumen und den vielen Gesandtschaften, worunter nur die amerikanische fehlte. Hatte er auch in dieser Frage eine falsche Entscheidung getroffen?

Offenbar doch. Es war wohl anmaßend von ihm gewesen, sich gegen die offensichtliche Logik von Ort und Zeit zu stellen. An der Mordgeschichte hatte er sich auch die Zähne ausgebissen. Er war gegen eine Wand von geheimdienstlichen Verschwörungen, geopolitischen Interessen und innenpolitischen Rivalitäten gelaufen, und hatte sich schließlich geschlagen geben müssen.

Fünfzehn Monate lang hatte er wie ein Löwe gekämpft, und dann hatten sich die Ereignisse überschlagen und die Prioritäten gänzlich verschoben. Die letzte diplomatische Kurierpost vom US-Außenministerium an ihn ignorierte seine Forderung nach militärischer Intervention in Albanien. Jedes Interesse an Albanien war verschwunden. Und so verlor auch sein Rücktrittsangebot seine Dramatik. Aber er würde weiter versuchen, die gemächlichen Herren in Washington wachzurütteln. Es konnte doch nicht sein, dass das große Amerika so offensichtlich pure Interessenpolitik betrieb.

Er seufzte, als sein Wagen in die Uferpromenade einbog.

Die Residenz der britischen Botschaft fiel schon von weitem wegen des stolz gehissten Union Jack auf. Er stieg aus seinem Ford und betrachtete ein anderes Bauwerk ein Stück weiter. Es war Durrës' orthodoxe Kirche, aus dunklem Stein, mit der Kuppel und dem Kreuz darüber.

»Leider verwaist, der Hausherr fehlt«, hörte Grant die Stimme von Botschafter Harris, der ihn an der Tür empfing. »Schade, er war mein bevorzugter Gesprächspartner in diesem Land. Was, das verwundert Sie?«

»In der Tat«, sagte Grant und deutete ein nonchalantes Lächeln an. Er hatte sich fest vorgenommen, sich nicht aus der Reserve locken zu lassen.

Sie nahmen die Treppe zum Salon im ersten Geschoss. Der Juniabend war schwül. Auch die leichte Brise vom Meer verschaffte kaum Kühlung.

»Whiskey?«

»Gerne.«

»Eis?«

»Ja, bitte.«

Harris ließ sich reichlich Zeit; er hantierte an der Bar in seiner trägen Art mit Flaschen und Gläsern. Es sah nicht so aus, als würde er bald aus der Deckung kommen. Grant wurde ungeduldig.

»Dann, auf den Frieden«, sagte er und erhob das Glas.

Harris lächelte. Grant verspürte ein immer größer werdendes Unbehagen.

Verlegen, wie er war, versuchte er, das Gespräch zu eröffnen: »Meinen Sie, dass der Zusammenstoß so brutal ausfallen wird, wie die Propaganda uns glauben machen will?«

»Ich befürchte ja«, war die Antwort.

Grant nippte an seinem Glas.

»Ich meine nicht. Unsere zwei Feldherren gefallen sich in der Rolle von Caesar und Cicero, das Volk ist aber gegen den Krieg. Haben Sie die neuesten Nachrichten erhalten?«

»Ich verhehle nicht, dass ich immer schon für Caesar gewesen bin. Und Sie, Grant? Sie sympathisieren mit Cicero, habe ich recht?« Harris hob die Brauen und warf ihm einen entwaffnenden Blick zu.

»Ja«, stammelte Grant verwirrt, »ich bewundere Cicero.«

»Und so kamen wir in dieses Land, Sie um Ihren Cicero und ich um meinen Caesar zu finden. Was kann dieses Land dafür, dass diese zwei, nach dem Beispiel der Geschichte, einander für immer und ewig unversöhnlich gegenüberstehen müssen?«

»Wollen Sie damit sagen, dass wir was dafür können?«

»Der albanische Staat und seine Akteure sind zweifellos korrupt«, sagte Harris mit irritierend trauriger Stimme. »Aber Krieg und Tod sind in diesem Land immer sehr ernst genommen worden, Grant.«

Der Amerikaner hatte bereits jede Lust zur Kontroverse verloren.

Durch die offene Balkontür hörte man das Geräusch eines herannahenden Autos. Harris entschuldigte sich und lief nach unten zur Tür.

Grant stand auf und schaute hinaus. Ein Wagen hatte vor der Tür gehalten und ein eleganter Herr stieg aus. Wer war das? Von oben war nichts zu erkennen außer einer Hutkrempe. Ein ungutes Gefühl beschlich ihn. Was hatte das zu bedeuten? Von einem Dritten war in der Einladung nicht die Rede gewesen.

Botschafter Harris kehrte mit seinem Besuch, einem Herrn mittleren Alters, zurück. Es war Professor Martignac.

»Professor, gestatten Sie mir, Ihnen den Gesandten der Vereinigten Staaten vorzustellen, Seine Exzellenz, Mr. Julius Grant. Exzellenz: Professor Martignac, mit Sondermission des Völkerbundes in Albanien«, sagte Harris mit ausdruckslosem Ton.

Grant hielt den Atem an. Die beiden standen offenkundig in enger Beziehung zueinander. Klar, sie repräsentierten Großbritannien und den Völkerbund. Er als Amerikaner musste sich dabei wie ein Außenseiter fühlen.

»Ich freue mich sehr, Ihre Bekanntschaft zu machen, Mr. Grant. Von fern haben wir uns bereits gesehen, nicht wahr?«, sagte der freundliche Professor. »Etwa bei der…«

»Bei der Totenmesse, ja.«

»Darf ich nun die Gelegenheit nutzen, Ihnen zu dem schrecklichen Verbrechen an Ihren Landsleuten mein tiefstes Mitgefühl auszudrücken.«

»Danke«, murmelte Grant. »Doch, ich weiß nicht, ob Sie, ich meine, haben Sie von den Gerüchten gehört, nach denen der Anschlag eigentlich nicht meinen Landsleuten gegolten haben soll?«

»Ich weiß genau, wovon Sie reden. Ich glaube sogar, dass diese Gerüchte der Wahrheit entsprechen«, der Professor schaute vielsagend in Richtung Botschafter Harris.

»Und Sie sind noch immer hier?«

»Jetzt, wo die wissen, dass ich kein Gold bei mir habe, werden die mich in Ruhe lassen«, lachte der Professor. »Ich muss in den Norden zurück, die Verteilung der Hilfsgüter organisieren. Jetzt haben wir Sommer, doch im Hochland setzen erste Schneefälle schon im Oktober ein, und die Straßen könnten bald unpassierbar werden.«

»Ich bewundere Ihren Mut, Professor«, sagte Grant in leicht spöttischem Ton.

»Es hat mit Mut nichts zu tun. Ich habe lange in dieser Gegend geforscht, daher kenne ich sie wie meine Westentasche. Ich weiß, dass es keine Gefahr gibt.«

»Sie haben im albanischen Bergland geforscht?«, fragte Grant.

»Ja, bis kurz vor dem Krieg, für meine Doktorarbeit.«

»Und was haben Sie erforscht?«

»Die Blutrache. Im ganzen Mittelmeerraum ist der Norden Albaniens vielleicht der Ort, an dem sich noch am vollständigsten einige altindoeuropäische Bräuche erhalten haben.«

»Interessant«, sagte Grant, »sehr interessant. Und was ist Ihre These?«

»Meine These ist der Titel meines Buches«, antwortete der Professor. »›Die albanische Blutrache. Legionär des Todes oder Schutzengel des Lebens?‹«

»Sehr poetisch. Aber ich verstehe nicht wirklich, worauf Sie hinaus wollen.«

»Ich erkläre es Ihnen.« Martignac wurde lebhaft. »Nach dem Gewohnheitsrecht der Berge, auch Kanon oder Kanun genannt, wird Mord oder Mordversuch unweigerlich mit dem Tod vergolten. Gleichzeitig haben wir die Sublimierung des freundlichen Fremden. Blutrache und Gastfreundschaft sind die zwei Säulen des Kodex'. Die Tötung des Gastes ist das ultimative Verbrechen, der klassische Fall, der nach Blutrache verlangt. In meinem Fall, mein lieber Mr. Grant, ist es, als würde mich der Tod selbst vor dem Tod schützen.«

»Hm… Aber wie erklärt sich dann, dass gegen zwei ausländische Gäste im Bergland ein Anschlag verübt wurde?«

»Es sind Zeiten der Wirrnis. Es war ein Tabubruch, der das Tabu nur bestätigt. Die Macht des Kanun ist nach wie vor ungebrochen.«

»Ich entnehme Ihren Worten, dass Sie eine Art Faszination für die Blutrache hegen, Mr. Martignac. Verzeihen Sie mir, wenn ich das etwas befremdlich finde.«

»Das Bergland kennzeichnet eine Lebensklugheit, Mr. Grant, die tiefsten Respekt bei denjenigen auslöst, die sich bemühen, es geschichtsphilosophisch zu begreifen und menschlich nachzuvollziehen. Der Begriff der Ehre, der die schwere Verantwortung des Einzelnen vor dem Kollektiv verkörpert, ist die Basis dieser höchst individualistischen Moral. Davor verbeuge ich mich.«

»Und Sie verbeugen sich auch vor der Blutrache, wie es scheint.«

»Die ist Bestandteil des Systems. Die Wehrfähigkeit des Einzelnen ist der Garant dieser Ordnung.«

»Ich verstehe«, sagte Grant und spürte, wie ihn die Debattierlust packte. »Das klingt etwa so wie Auge um Auge, Zahn um Zahn. Oder die Heroisierung des Todes nach altgriechischer Manier. Sehr spannend für die Vorstellung heutiger Westeuropäer und trotzdem eine grausame Realität für die Betroffenen. Nicht zuletzt deswegen hat die Menschheit seit jenen Zeiten zivilere Methoden zur Behebung von Ungerechtigkeiten erfunden.«

»Ach, Sie halten moderne Methoden wie Polizei und Gefängnis oder auch Todesstrafe für ziviler?«

»Weniger willkürlich, und damit ziviler, ja.«

»Die Blutrache ist nicht willkürlich, sondern eine von der Gemeinschaft streng gehütete Institution. In den Bergen gilt zwar eine andere Zeitrechnung, doch für die Bewohner ist dies eine in sich vollkommen stimmige, lebensbejahende und phantasiestarke Welt. Es wäre ganz und gar an der Realität vorbei, das Lebensgefühl des Bergvolkes auf die Blutrache zu reduzieren.«

»Die Vorzüge des Fortschritts entgehen Ihnen anscheinend völlig?«

»Nein, das tun sie selbstverständlich nicht, Mr. Grant. Doch seit

Mitte des vorigen Jahrhunderts versuchen wir in dieser Gegend – erklärtermaßen unserem ›Hinterhof‹ –, im Namen des Fortschritts Gott zu spielen, den hiesigen Menschen unsere Ordnung aufzudrängen. Und das Ergebnis? Moralische Verwirrung; dazu Monsternationalismen, die ihre eigenen Bevölkerungen drangsalieren und sich untereinander vernichten. Das Verbrechen an Ihren Landsleuten ist die fatale Folge davon. Wir dürfen also weder empört noch überrascht sein, wenn auf uns zurückfällt, was wir selbst in die Welt gesetzt haben.«

»Wollen Sie damit sagen, wir hätten in diese ach so unschuldige Gegend das Verbrechen gebracht?«

»Diese Art von Verbrechen, ja. Das ist in der Tat neu.«

»Lassen Sie mich raten, Mr. Martignac. Sie meinen also, wir sollten um das Bergland herum einen Zaun errichten, um diese wunderliche archaische Insel wie ein Reservat mitten in Europa für Ihre Forschungen zu konservieren? Ich glaube eher, dass wir diesem Volk keinen Gefallen tun, indem wir es in diesen Verhältnissen leben lassen.«

»Lassen Sie mich raten, Mr. Grant, Sie meinen also, dass es zweckmäßig wäre, mit Kanonen zu schießen, um die Blutrache, samt den Menschen, die sie praktizieren, vom Erdboden zu tilgen?«

»Ich meine, dass im Namen einer lebensfreundlicheren Zukunft bestimmte Opfer zumutbar sind.«

»Es ist nicht unsere Kompetenz zu entscheiden, welchem Volk im Namen von welchem Ideal welche Opfer zuzumuten sind.«

»Aber warum sind wir dann überhaupt hier?«

»Zur Hölle mit diesem Volk, nicht wahr, Herr Gesandter?«

Alle drei drehten sich überrascht zur Tür, wo eine lange, dunkle Gestalt aufgetaucht war.

»Reverend Erickson«, rief Harris. »Wir haben Sie gar nicht kommen hören.«

»Seien Sie gegrüßt«, Reverend Erickson machte eine leichte Verbeugung, und wandte sich Grant zu: »Und trotzdem freue ich mich, Sie hier unter Freunden zu finden, Gesandter Grant.«

»Ich, um ehrlich zu sein, bin höchst verwundert«, sagte ein sehr gereizter Grant. Hatte sich jetzt auch ein Landsmann gegen ihn verschworen? »Ich dachte, Sie wären samt Ihrer Leute längst evakuiert. Der Rundbrief aus dem Außenministerium war in diesem Punkt unmissverständlich.«

»Soll das ein Scherz sein?« Reverend Erickson setzte ein gezwungenes Lächeln auf. »Morgen früh fahre ich nach Shkodra zurück. Bin hier nur kurz wegen der neuen Lieferungen.«

»Dann wundern Sie sich nicht, wenn Sie statt einer freundlichen Aufforderung ein Befehl zum sofortigen Verlassen Albaniens erreicht. Einen neuen Zwischenfall, wie den vom 6. April, können wir uns nicht leisten. Sie haben nicht das Recht, sich und Ihre Leute in Gefahr zu bringen, Reverend.«

»Glauben Sie, Ihr Ministerium vergibt und entzieht alle Rechte auf Gottes Erden? Die paar Ziegenhirten sollen auf ihren Felsen doch verrecken, nicht wahr? Doch mein Herr heißt Jesus Christus, und er gibt mir ein ganz anderes Recht und ganz andere Befehle. Das Bergvolk hungert. Und als würde dies allein nicht reichen, wurde es auch noch dem Belagerungszustand unterworfen. Und Sie, ja, Sie persönlich, tragen eine nicht geringe Verantwortung dafür. Sie hätten die Ausrufung des Kriegsrechts um jeden Preis verhindern müssen, Botschafter. Aber für Sie und Ihr Außenministerium war das Öl ja wichtiger als die Menschen. Und für den willkürlichen Mord an zwei Amerikanern suchten Sie Vergeltung an einem ganzen Volk.«

»Was erlauben Sie sich!« Grant fühlte sich angegriffen. »Sie haben mich verletzt, Reverend. Ich habe nur meine Pflicht getan.«

»Haben Sie das?«

»Ich habe getan, was von mir erwartet wurde«, sagte Grant. »Ich kann den Lauf der Welt nicht ändern und in die Staatsräson eines fremden Landes eingreifen.«

»Jeder von uns muss sich vor Gotteslästerung hüten, jeder für sich, Mr. Grant.«

Grant fand keine Worte mehr. So weit war es also gekommen. Was konnte man als Sterblicher dem Gott-Argument schon entgegensetzen? Oder stimmte etwas nicht mit ihm? Sagte er Dinge, die er nicht meinte? Doch, ja, leider. Und wie immer, wenn ihm bewusst wurde, dass er mal wieder seine Contenance verloren hatte, seiner Unbeherrschtheit erlegen war, war er von sich selbst enttäuscht und fühlte sich mutlos.

»Also haben Sie jetzt Ihren Sündenbock, für alles, was in diesem Land schiefgegangen ist?«, sagte er traurig.

Harris sprang auf. »Beruhigen Sie sich, Grant, niemand hat etwas persönlich gegen Sie, niemand sucht hier einen Sündenbock. Eigentlich sitzen wir alle in einem Boot.«

»Ich würde gerne den Grund wissen … warum wir alle hier sind«, sagte Grant stockend und zeigte mit der Hand auf die leeren Sessel rund um den Konferenztisch.

»Warum wir alle hier sind?«, wiederholte Harris und musterte einen nach dem anderen, als könne er sich plötzlich gerade daran nicht erinnern.

24
ABSCHIEDE

Es war acht Uhr morgens, als Julius Grant die britische Botschaft verließ. Die Luft war schon jetzt unglaublich schwül. Es würde ein heißer Junitag werden. Er nahm auf dem hinteren Sitz seines Fords Platz und vergrub sein Gesicht in den Händen. Sie fuhren zurück nach Tirana.

Die Nacht war anstrengend gewesen. Seine Gedanken spielten verrückt. Mal fixierten sie sich zwanghaft auf ein einziges Wort, mal rasten sie nach vorne und zogen absurde, weite Kreise, und er konnte sie durch nichts aufhalten. Die salzige Luft biss sich durch seine Nase. Die Farben der Landschaft vermischten sich wie zu einem Gemälde; das Blau des Meeres, das Grün des Schilfs, das Weiß der verwitterten Ruinen. Durch dieses Gemälde zog sich plötzlich ein dunkler horizontaler Strich, der nicht hineinpasste. Grant hätte gerne weiter geträumt, wären nicht diese entsetzlichen Schreie gewesen. Das Auto bremste abrupt, sein Fahrer und der Leibwächter sprangen heraus.

Auf der Brücke, die die Inselstadt mit dem Festland verband, hatte man in der Nacht eine Straßensperre errichtet. Sein albanischer Fahrer und die Gendarmen schrien sich bedrohlich an, während sein Leibwächter die Hand auf seiner Waffe am Gürtel hielt. Grant sah auf sie gerichtete Gewehrmündungen aus der Böschung ragen.

Endlich kehrten sein Fahrer und sein Leibwächter zurück, der Schlagbaum öffnete sich, sie passierten. Sein Fahrer erklärte ihm, dass die Eröffnung der Feindseligkeiten für heute erwartet würde, die

Kontrollen an den Hauptstraßen der Städte hätten sich verstärkt, die Gendarmerie stünde in Alarmbereitschaft. Vom Weiterfahren würde dringend abgeraten.

Am Horizont über dem Meer sah Grant im weißen Morgennebel einen dunklen Schatten. War das der Zerstörer Bulmer oder war es schon ein italienisches Kriegsschiff? Immer wieder wiederholte er im Geiste die Sätze, die während der Nacht gefallen waren: Wir sollten unser Lagerdenken schleunigst aufgeben und alle am gleichen Strang ziehen. – An welchem Strang? Den Bürgerkrieg aufzuhalten, dafür ist es zu spät. – Aber nicht dafür, einen Balkankrieg zu verhindern. Erinnert euch an Sarajevo. – Was können wir tun? – Albaniens Grenzen sichern. – Wer soll das tun? – Ihr Briten. – Vorerst nicht möglich. – Ihr Amerikaner. – Geht auch nicht. – Was geht denn überhaupt noch? – Mussolini. – Sind Sie noch bei Verstand? Sie wollen doch nicht den Bock zum Gärtner machen? – Welche Wahl haben wir denn? – Es muss doch einen anderen Weg geben. Diese Gutgläubigkeit gegenüber Mussolini wird euch Briten und Amerikaner teuer zu stehen kommen. – Da pflichte ich Ihnen bei, Martignac.

Erst im Morgengrauen hatte man sich auf einen gemeinsamen Weg einigen können und sich vorgenommen, bei der jeweiligen Regierung und Institution die Mittel und Wege auszuloten. Man würde sich bald wieder treffen und so lange beraten, bis die Gefahr gebannt sei.

Julius Grant suchte angestrengt nach dem dunklen Schatten im nebelverhangenen Meer.

An einer Kreuzung einige Meilen weiter wurde sein Ford erneut gestoppt. Wieder ein paar Meilen weiter trafen sie auf eine mobilisierte Reservistentruppe. Überall waren es ungehobelte Schlagbäume, hastig zusammengezimmerte Straßensperren, unrasierte Gesichter und Kanonenrohre, die auf sie zielten.

Am Schwarzen Raben, dem Eingangstor von Tirana, passierten sie eine letzte Kontrollstelle. Als sie vor seiner Residenz anhielten, nahm er auf der anderen Straßenseite, etwas schräg gegenüber des Eingangstors, eine Kutsche wahr. Er stieg aus dem Auto. Sein Dragoman Kosta, der ihm entgegenkam, rief: »Die Aufständischen haben den Widerstand der Regierungstruppen an der südlichen Front gebrochen. Auf der Straße des Nordens sind gleichfalls Bewegungen bewaffneter Verbände beobachtet worden. Sie sollen gegen Mittag Tirana erreichen. Und im Salon wartet seit einer Stunde Madame…«

Der Fahrer schlug die Autotür zu, das letzte Wort wurde von dem Knall geschluckt.

»Wer wartet auf mich?«

»Madame Gjadri.«

Grant stieg rasch die drei Verandatreppen hoch und begab sich zu seinen Privaträumen im ersten Stock.

Er musste sich einen Augenblick ausruhen, seine Gedanken ordnen. In dieser Nacht war Unbeschreibliches passiert. Sein Weltbild war umgestürzt worden, all seine Ideale und Prinzipien, Feindbilder und Abgötter. Und jetzt, zu allem Überfluss, der Besuch der Madame Gjadri.

Grant stand auf, ging zum Spiegel und betrachtete sein Gesicht. Ich werde mich erst rasieren, sagte er sich. Wenn die Dame schon seit einer Stunde wartete, dann kam es auf die paar Minuten auch nicht mehr an.

In Tirana war der Besuch einer Dame mehr als ungewöhnlich. So etwas gab es hier nicht. Was sollte er davon halten? Was wollte sie von ihm, die bezaubernde, rätselhafte Frau Gjadri?

Er griff zu seinem Rasiermesser. Nein, er wollte nicht an diesen Unsinn glauben. Vielleicht brauchte sie ein Visum, für irgendeinen ihrer Freunde, der Albanien dringend verlassen musste. Seine Hand vollführte eine schwungvolle Bewegung, schon hatte er sich am Kinn geschnitten. Er nahm das Tuch und versuchte das Blut zu stoppen. Ein roter Tropfen lief seinen Hals hinab.

Grant, reiß dich zusammen. Du bist der Gesandte der Vereinigten Staaten von Amerika.

Er warf das Handtuch auf den Stuhl und klatschte sich Rasierwasser ins Gesicht.

Er verließ das Bad und schob leise die Flügel der Salontür auseinander.

»Madame Gjadri, welch eine Freude, Sie in meinem Haus begrüßen zu dürfen! Seien Sie herzlich willkommen!«

In der Mitte des Salons trafen sie sich, er küsste ihre Hand. »Entschuldigen Sie, dass Sie so lange warten mussten. Ich war unterwegs. Einen Kaffee? Wir brauchen jetzt einen guten, starken Kaffee, nicht wahr?«, sagte er und setzte sich auf den Sessel neben dem ihren.

Sie nickte leicht und lächelte. »Nein, ich bin es, die sich entschuldigen muss, dass ich so überraschend hier auftauche, aber ich fand einfach keine Möglichkeit, mich anzukündigen. Es war eine spontane Entscheidung, und die Stadt versinkt im Chaos«, antwortete die Frau in wunderbar fließendem Französisch, mit leichtem, fremd klingenden Akzent. »Es sind die letzten Tage, vielleicht sogar die letzten Stunden. Danach wird nichts mehr so sein wie früher. Ich vertraute darauf, dass Sie meinen Besuch nicht missverstehen würden.«

»Sie missverstehen?«

»Ja. Heute tue ich etwas, was ich früher nie gewagt hätte. Sie wissen vielleicht von dem Aufsehen, das mein Verhalten in der Öffentlichkeit erregt hat, und dem damit verbundenen Gerede über meine moralische Integrität.«

»Was kann ich für Sie tun?«

Erst jetzt nahm er die Anspannung wahr, die sich auf ihrem Gesicht widerspiegelte.

»Zunächst muss ich Ihnen die Geschichte einer wundersamen Freundschaft erzählen, die gegen Ende des Krieges ihren Anfang nahm, als in den Bergen die ersten Karawanen erschienen. Sie trugen weiße Gewänder und rote Kreuze.«

Bergland? Rotes Kreuz? Fehlte nur noch, dass sie ihm offenbarte, eine Spionin von Reverend Erickson zu sein. Er ballte die Fäuste und drückte die Fingernägel tief in die Handflächen, bis er einen Schmerz verspürte. Er musste sich vergewissern, dass er nicht träumte.

»Diese Karawanen brachten nicht, wie üblich, Kanonen und Soldaten in die Berge, sondern Nahrungsmittel und Medikamente, warme Decken und Holzkohle. Schnell sprach sich herum, dass sie vom amerikanischen Volk geschickt wurden. Die Bevölkerung gab ihnen liebevolle Kosenamen.«

Grant hörte ihr gebannt zu.

»Im letzten April wurde, wie Sie wissen, das größte Verbrechen, das das Bergvolk kennt, begangen. Und dieses Verbrechen muss nach dem Gesetz der Berge gesühnt werden: Wird der Gast versehrt, muss derjenige, in dessen Schutz der Gast stand, die Bluttat rächen. Kommt er dem nicht nach, drohen ihm Ausschluss aus der Gemeinschaft und ewige Schande in diesem Leben. Das Bergvolk versammelte sich also und entschied, dass nicht ein Mann oder ein Geschlecht, auch nicht das Dorf Mamurras, sondern das gesamte Bergland mit seiner Ehre für die Tat einstehen muss, weil es Amerika einst seine Gastfreundschaft gelobt hat. Und das ganze Bergland stand auf, um seine Ehre wiederherzustellen. Aber Sie kennen das tragische Ende der Geschichte. Es wurde vom Staat für schuldig erklärt und bestraft.«

Delina Gjadri kämpfte mit den Tränen: »Ich und mein Mann, wir haben alles getan, um die Strafsanktionen zu verhindern, aber ohne Erfolg. Die Boten, die das Bergvolk zu Ihnen geschickt hatte, wurden von Gendarmen festgenommen und eingekerkert.«

Delina Gjadri musste ein Schluchzen unterdrücken. »Jetzt komme ich hierher, um den Auftrag dieser Boten auszuführen. In der Kirche, während der Totenmesse, als ich Sie sah, wusste ich, was ich zu tun habe. Damals fand ich aber nicht den Mut, Sie aufzusuchen. Diesen Mut fand ich erst heute, weil es die letzten Stunden sind. Es heißt, Sie seien zurückgetreten und würden bald Tirana verlassen. Ich kann Sie nicht so gehen lassen. Das Bergland liegt am Boden, aber seine Seele ist noch nicht tot. Sein Wort und seine Ehre gelten noch was. Es war mir wichtig, dass sie diese Gewissheit aus Albanien mitnehmen. Ich weiss, wie verrückt das ist. Aber Sie verstehen mich richtig, nicht wahr, Monsieur Grant?«

»Ich verstehe Sie vollkommen, Madame Gjadri. Ich werde Ihre Botschaft an die richtige Stelle weiterleiten. Ich...«

»Danke, Monsieur Grant. Ich bin erleichtert, ich habe meine Tochterpflichten erfüllt.«

»Tochterpflicht? Sie, Madame Gjadri, sind doch nicht etwa ... aus den Bergen?«

»Dort geboren und aufgewachsen, Monsieur Grant.«

»Aber Ihr Französisch?«

»Bei den Stigmatiner Schwestern, in Shkodra. Sœur Séverine mochte mich so gerne.«

Delina Gjadri erhob sich.

»Warten Sie doch, wo wollen Sie hin?«

»Aber ich kann nicht länger bleiben.«

»Bitte, bleiben Sie noch. Jetzt, wo Sie da sind, so schnell wollen Sie mich wieder verlassen?«

Sie schaute ihn durchdringend an.

»Ich habe meinen Auftrag erfüllt. Bitte seien Sie nicht enttäuscht, Monsieur Grant.«

Julius Grant fand seine Haltung wieder. Für einen Augenblick hatte er es gewagt, zu träumen. Aber diese Frau hatte die Courage besessen, inmitten der schrecklichen männlichen Tyrannei da draußen einen Weg zu finden, um ihm ein unschätzbares Geschenk zu überbringen.

»Erlauben Sie mir wenigstens, Ihnen meine Hilfe anzubieten. Hier, in meiner Gesandtschaft, würden Sie sicher sein, ich meine, Sie – und Ihr Gatte natürlich. Tirana ist umzingelt, in ein paar Stunden beginnt der Angriff.«

»Wir brechen auf nach Shkodra«, sagte sie. »Ich muss mich beeilen.«

»Nach Shkodra? Um diese Zeit?«

»Im Jahre 1913 lebte ich in Shkodra, als die Stadt von der montenegrinischen Armee belagert wurde. Ich weiß nicht, ob Sie dieses Gefühl kennen, die Belagerung und das Bombardement der Stadt, in der Sie leben? Dieses Grauen ist nicht zu beschreiben. Werden wir diesmal wieder bombardiert, Monsieur l'Ambassadeur?«

»Nennen Sie mich Julius, bitte«, entgegnete er.

»Julius. Werden Sie uns davor bewahren, Julius?«

Grant atmete tief durch.

»Ja, das werde ich. Niemand wird euch bombardieren.«

An der Tür umarmte sie ihn leicht, dann stieg sie in ihre Kutsche. Gesandter Grant schaute ihr nach, winkte ihr ein letztes Mal zu, als die Kutsche um die Straßenecke bog, und die Tränen, die er so tapfer zurückgehalten hatte, liefen ihm über die Wangen.

25
JAHRE DANACH

Noch viele Jahre später dachte man in den Bergen an den Sommer 1924 mit Schrecken zurück, er hatte mit einem Mord begonnen und dann das Land an den Rand eines Bürgerkriegs geführt.

Die Streitereien in Tirana, die dem Bergvolk bis dahin unsinnig, wenn nicht gar närrisch und vor allem weit, weit weg erschienen waren, waren plötzlich zu einer handfesten Bedrohung geworden.

Der eine Teil der Gendarmen und Soldaten der Stadtgarnison von Shkodra, die sich dem Aufstand angeschlossen hatte, belagerte den anderen Teil, der der Regierung treu geblieben war. Dem Bergvolk war es zunächst gleichgültig, welcher Teil gewinnen würde. Aber an der nahen Grenze hatten sich die Truppen des feindlichen Nachbarn versammelt, während die Grenztruppen sich erst gespalten und dann ganz aufgelöst hatten. Wenn Shkodra, die Provinzhauptstadt am Fuße der Berge, an den Feind fiel, dann war es auch um das Bergland geschehen, so wie es über Jahrhunderte unzählige Mal der Fall gewesen war. Es blieb nichts anderes übrig, als Shkodra zur Hilfe zu eilen. Das Bergvolk hatte die Waffen hervorgeholt, die man einst vor den Gendarmen versteckt hatte, und wochenlang Wache über die Stadt gehalten.

In jenem heißen Juni 1924 war Shkodra nach drei Tagen Widerstand an die Aufständischen gefallen, doch ein Blutvergießen wurde vermieden. Bischof Dorotheus, der Fuad Herri aus der Macht gedrängt hatte, ließ Gnade walten. Aber auch der neuen Regierung glitten sehr schnell die Zügel aus der Hand. Nach einem halben Jahr politischer Wirren, Racheakte, Verwaltungschaos und Zittern um die Grenze, kam Fuad Herri zurück, vertrieb den Bischof und regierte seitdem mit eiserner Hand. Vier Jahre danach hatte er sich zum König Herri I. von Albanien krönen lassen – ein, wie es hieß, lang gehegter und mit Entschlossenheit verfolgter Traum des Oberhaupts des Strukaclans.

Sieben Winter waren seitedem ins Land gegangen. Irgendwann hatte man überall in Albanien begriffen, dass man im Guten wie im Schlechten dieselbe Erde wie dasselbe Schicksal teilte. Es hieß, dass sogar Fuad Herri, der neue König der Albaner, und Bischof Dorotheus, der wieder im amerikanischen Exil lebte, sich versöhnt hätten.

Das Leben im Bergland war weiter gegangen – mit Früh- und Endjahresfesten, Hochzeits-, Tauf- und Totenfeiern. Man kümmerte sich um die Höfe, um die Tiere und um die Weiden. Auf der Straße des Nordens wuchs der Verkehr; sie beförderte nun ungestört alle Reisenden, ob zu Fuß oder zu Pferde, die Mauleselkarawanen, die Automobile und die Pilger, wie sie vom Norden in den Süden Albaniens zogen oder umgekehrt. Langsam überzeugte man sich, dass die Straße auch für das Bergland, ganz im Sinne des Kanun, das Leben einfacher machte.

Es hieß, dass sich über dem albanischen Boden wieder Unheil zusammenbraue. Diesmal käme die Gefahr von jenseits des Meeres, aus Italien. Wie es schien, bereitete sich Europa auf einen neuen Großen Krieg vor. Und wie es schien, würde Albanien wie auch beim letzten Mal zwischen die Fronten geraten. In früherer Zeit hätte das Bergland die Waffen ausgegraben, die Pässe abgeriegelt, die Straßen und Pfade versperrt, die Hängebrücken über den Schluchten eingezogen.

Nun war man nicht mehr alleiniger Herr über die Grenzen und Wege. Man war aber auch nicht mehr ganz auf sich allein gestellt. Wie viel Sorgen solche Nachrichten auch mit sich brachten, im Grunde blieb man gelassen; im Vertrauen darauf, dass man auch diesmal den Sturm überstehen würde. Schließlich hatte sich das Bergland immer durch die schlimmsten Zeiten zu retten gewusst.

Die Fremden, die sich in diese Berge wagten, gingen früher oder später wieder. Zurück ließen sie ihre Gräber und ihre Ruinen – die gestürzten Symbole ihrer einstigen Herrschaft.

Wie die Brücke über den Fluss Droja.

Seit dem Mord an den Amerikanern war sie um ein Zeichen der Erinnerung reicher geworden. An der Stelle, wo zwei steinerne Kreuze standen, hielten die Reisenden einen Augenblick inne. Manche stiegen aus, bekreuzigten sich oder flüsterten Gebete für die Seelen der Toten, ehe sie nach Süden oder Norden weiter zogen.

Der Roman greift eine historische Begebenheit auf, die sich 1924 in Albanien ereignet hat.

GLOSSAR

Andarten: Griechische Freischärler im Dienste der Interessen des Patriarchats von Konstantinopel und des griechischen Nationalismus.

Baklava: Blätterteig-Gebäck, traditionelle Süßigkeit im Nahen Osten und auf dem Balkan.

Baschibozuk: Osmanische Freischärler, irreguläre Truppen. Sie bekamen keinen Sold, sondern lebten von Plünderungen; dadurch wurden sie von der Bevölkerung besonders gefürchtet und geächtet.

Dragoman: Dolmetscher, Reiseführer im Orient.

Hohe Pforte: Allegorische Bezeichnung für den Sultanspalast in Konstantinopel, i.e. die osmanische Staatsmacht.

Ikonostase: Bilderwand in der orthodoxen Kirche, dient als Trennwand zwischen dem inneren Kirchenschiff und dem Altarraum.

Inschallah: Arabisch für »So Gott will«.

Levante: Italienisch für »Sonnenaufgang«, »Morgenland«. Allegorische Bezeichnung für die Länder des östlichen Mittelmeeres.

Maazallah: Arabisch für »Gott behüte«.

Medrese: Arabisch für Islamschule.

Metropolie: Verwaltungseinheit der orthodoxen Kirche, bestehend aus mehreren Bistümern und geleitet von einem Oberbischof (Metropoliten).

Opanken: Traditionell südosteuropäisches, absatzloses Schuhwerk aus Leder, mit Riemenverschnürung.

Padischah: Persisch für König oder Kaiser, bezieht sich auf die osmanischen Sultane.

Rhapsode: Wandernder Sänger epischer Dichtungen, mit einer zweisaitigen Laute als Begleitinstrument.

Selamlik: Der von den Männern bewohnte Teil des türkischen Hauses, dient auch als Empfangsraum für Besucher (als Gegenstück zu Haremlik, der von den Frauen bewohnte Teil des Hauses).

Serail: Persisch für Palast, Residenz eines Herrschers.

Skipetar: Deutsche Bezeichnung für Albaner, abgeleitet von »shqiptar«, albanisch für Albaner.

Wesir: Persisch für Helfer des Kalifen/Sultans, Chef der Exekutive, Minister.

Wilajet: Osmanische Provinz.

LESEN SIE WEITER :

104 Seiten,
geb. mit Schutzumschlag
ISBN 978 3 88747 269 6

Ein Mann, Ende zwanzig, steht vor den Trümmern seiner Existenz: eine Liebe ist zerbrochen, der Betrug bei seiner Examensarbeit ist aufgeflogen, seine Karriere zerstört. Er fährt ans Meer um Abstand zu gewinnen, um über sich und sein Leben nachzudenken. Dazu kommt er aber nicht ...

»Sehr schön gestaltetes Buch. Starke Charaktere, bildhafte Schilderung und Spannung von Anfang bis Ende. Bitte Fortsetzung.«
BUCHHANDLUNG HEIMES, KOBLENZ

»Das wunderbare Kunststück der Gleichzeitigkeit, Verrätselung und Ambivalenz: Diese Novelle zeigt, wie's geht.«
BIBLIOTHEKSSERVICE, CONNIE HAAG

256 Seiten,
geb. mit Schutzumschlag
ISBN 978 3 88747 268 9

»Ein wirklich großes Buch! Wenn es nicht so blöd klänge: ein Jahrhundertroman, denn ich wüsste nicht, wo sonst in der europäischen Literatur die Phase und das Scheitern des Aus-guten-gründen-bessermachen-wollens nach diesem Scheißweltkrieg besser, dh differenzierter und unideologischer und menschennäher sowie poetischer dargestellt worden wäre. Daran müsste eigentlich die ›kritische‹ DDR-Literatur gemessen werden, daran sieht man erst, was sie nicht geleistet hat oder nicht leisten konnte.«

FRIEDRICH CHRISTIAN DELIUS

»… eine wirklichkeitsgesättigte und zugleich hochpoetische Ballade vom Scheitern einer hehren Idee in einer ostslowakischen Flusslandschaft.«

KATRIN HILLGRUBER, DER TAGESSPIEGEL

256 Seiten,
geb. mit Schutzumschlag
ISBN 978 3 88747 258 0

»Barbal schafft es, mit ihrer ruhig und schlicht erzählten Geschichte die Menschen zu berühren. Sie stellt die Beobachter am Rande ins Zentrum, diejenigen, die sich nicht trauen, laut zu sprechen, die erröten und zu stottern beginnen, wenn man sie anredet. Diesen Menschen mit kleinem Ego entlockt Maria Barbal grosse Geschichten.«
BRIGITTE KRAMER, NEUE ZÜRCHER ZEITUNG

»2007 gelang der katalanischen Autorin mit ihrem Büchlein ›Wie ein Stein im Geröll‹ der Überraschungserfolg auf dem deutschen Buchmarkt. Mit »Cámfora« erscheint nun ein weiterer Roman von Barbal, der den Vergleich mit ihrem großen Erfolg nicht zu scheuen braucht.«
DER BUCHLADEN SAARBRÜCKEN